Danny Miller

MIX
Papier aus verantwortungsvollen Quellen
Paper from responsible sources
FSC® C105338

AUTOBAHN

geschrieben von Danny Miller

Mystery Thriller

Erscheinungsjahr 2018

Herstellung und Verlag:
BoD – Books on Demand, Norderstedt
ISBN 978-3-7528-1233-6

Kapitel 1

TOMMY

„Das kann nicht dein Ernst sein!"

Missy wirft wutentbrannt den bereits stark zerfledderten Urlaubskatalog auf die Couch. Das dicke Ding landet mit einem lauten Geräusch nur knapp neben Tommy, ihrem Freund, der leicht zusammenzuckt während Missy die Arme vor der Brust verschränkt. Tommy sieht erschrocken auf, als seine Freundin bereits zu brüllen beginnt:

„Immer wieder das Gleiche mit dir, immer nur Party hier, Party da. Wir haben oft genug an den Wochenenden Party, oder nicht? Ich richte mich immer nach deinen Wünschen was das Ausgehen betrifft. Warum können wir nicht einmal etwas machen, was ich möchte?!"

Tommy gluckst ungläubig und winkt ab, er ist sichtlich genervt von dem Rumgemecker seiner Liebsten. Bereits das Abwinken ist ein Fehler, dass weiß er in dem Moment, in dem er die Bewegung ausführt. Seine Freundin hasst diese abwertende Geste. Sein Blick ändert sich von genervt in erschrocken und er ist verunsichert, denn er möchte diesmal nicht wie sonst, wenn er ihr abwinkt, einen heftigen Anpfiff kassieren und auf die Moralpredigt verzichten, wie abwertend diese Handbewegung ist. Um Missy von der unhöflichen, von ihr so gehassten Geste abzulenken, springt er von der Couch auf und prustet los:

„Jetzt tu mal nicht so, als ob wir das nicht schon öfter getan hätten, meine Liebe. Schon vergessen, erst vorletzte Woche…"

„AAARGH", schreit Missy, kneift die Augen zusammen und bekommt einen knallroten Kopf.

„Was denn?", fragt Tommy verwirrt und hebt fragend die Hände. Er versteht tatsächlich wieder einmal rein gar nichts. Außer, es käme nun doch der befürchtete Anpfiff wegen des Abwinkens. Doch davor bleibt er dieses Mal dem Anschein nach verschont. Aber nicht vor dem aufkommenden Streit. Das sieht er an Missys steifer Haltung, dem Blitzen in ihren Augen und daran, dass sie ihre Fäuste ballt. Das macht sie immer bevor sie richtig ausrastet.

Irgendwie süß, denkt er sich, auch wenn das was nun folgt alles andere als das ist.

Wie ein nasser Sack sinkt er wieder auf die Couch und bereitet sich auf eine Predigt vor.

„Ja, komm, ich bitte dich. Jetzt fängst du sicher schon wieder damit an, dass du dich ein einziges Mal mit mir an deiner Seite in ein Restaurant meiner Wahl geschleppt hast. Zu unserem vierten Jahrestag, wohlgemerkt. Das kannst du doch damit nicht vergleichen! Vor allem nach den darauffolgenden tagelangen Diskussionen über die mickrige Fleischauswahl auf der Speisekarte. Du hast ganz genau gewusst, dass ich schon lange in genau dieses Restaurant gehen wollte, und auch, dass die Auswahl an Steak, Schnitzel und sonstigen Fillä eben nicht sonderlich groß ist."

„Filet."

„Wie bitte?"

„Das heißt Filet, und ja, das war sie wirklich nicht."

„Was war was nicht?"

„Na die Auswahl an Fleisch, die war wirklich mickrig."

„Sag mal, willst du mich eigentlich verarschen?", ruft Missy vor Zorn bebend. „Zum einen gingen wir ohne meine Kompromissbereitschaft so gut wie nie gemeinsam aus, und zum anderen geht es hier nicht um die Wahl eines Restaurants und dein verdammtes Filet, Herrgott noch einmal. Es geht um unseren Urlaub, eine gemeinsame Zeit weit weg von hier. Etwas, das ein paar Euro mehr kostet als ein Abendessen. Und es geht darum, dass wir sonst nie etwas gemeinsam unternehmen, was *ich* gerne möchte!"

„Aha. So ist das. Aber, ich meine und zudem, … äh… also… also…" stotterte Tommy, „weil nämlich… außerdem, ja, genau! Was ist mit letztem Monat, als wir…"

Missys Augen verengen sich zu schmalen Schlitzen, als sie erkennt, worauf dieser Angriff abzielt. Sie wirft total genervt ihr brünettes, halblanges Haar nach hinten und fragt in einem lauten und sehr scharfen Ton:

„Du willst mir jetzt nicht wirklich das Konzert vorwerfen, für das ich von meiner Freundin die Karten zum Geburtstag bekommen habe? Hätte ich ihr etwa sagen sollen, danke schön, aber nein danke, meinem Freund passt das nicht? Außerdem, das kannst du doch mit der jetzigen Situation überhaupt nicht vergleichen!", faucht sie.

Tommy schaut sie entsetzt an, den Mund leicht geöffnet, als wolle er etwas sagen. Doch er überlegt es sich anders, schließt die Lippen und schaut auf den Boden. Hilflos wirft Missy die Arme nach oben, verschränkt sie hinter ihrem Kopf und dreht die Augen in Richtung Decke. Sie beginnt leicht mit dem Kopf hin und her zu schwanken. Für kurze Zeit tritt Schweigen in den Raum.

MISSY

Warum, wieso, wie kann denn diese Situation so eskalieren, dass sie beide laut werden und sich anfangen anzuschweigen, denkt sich Missy. Wie sollen sie nur so zu einer Lösung bezüglich der anstehenden Urlauswahl kommen. Sie weiß es nicht.

Gekränkt und verbal vorerst geschlagen reckt Tommy sein stoppelbärtiges Kinn in Missys Richtung, wobei sie das Grübchen zweifingerbreit unter seiner Unterlippe deutlich sehen kann. Dieses sexy Grübchen, das damals in dem verdammt heißen Sommer im Schatten der alten Stadtmauer mit dazu beigetragen hatte, dass Missy sich gegen Chris und für Tommy entschieden hat.

Wie heiß er doch ist, denkt sie sich.

Doch jetzt gerade passt es ihr nicht, weiter darüber nachzudenken. Sie müssen eine Möglichkeit finden, den Streit zu beenden und sich auf einen Urlaub zu einigen. Resigniert verabschiedet sie sich von ihrer Hoffnung auf einen schöneren gemeinsamen Urlaub, als es letztes Mal der Fall gewesen war. Es war im letzten Spätjahr gewesen. In dem Hotel hatte sie bereits am zweiten Tag allein zum Frühstück gehen müssen, weil Tommy mal wieder zu viel gefeiert, und die Hälfte der Nacht über der Kloschüssel des Hotelzimmers gehangen hatte und dementsprechend sein Appetit nicht sonderlich groß gewesen war. Abgesehen davon ist er an dem einen Tag nicht einmal richtig wach geworden. Aber deshalb gar kein Urlaub? Oder die ganze Zeit nur streiten? Das möchte Missy nun auch wieder nicht.

Wie kommen wir zu einer Lösung, fragt sie sich.

Und genau das will sie jetzt mit Tommy ausdiskutieren. Schließlich ist es inzwischen Frühling. Wenn sie im Sommer wegfliegen wollen, sollten sie langsam mal in die Pötte kommen, sich entscheiden und vor allem buchen, bevor die guten Angebote weg sind. Wenn es überhaupt noch gute Angebote gibt, immerhin sind sie doch relativ spät mit ihrer Urlaubsplanung.

Als sie gerade in einem etwas ruhigeren Ton ansetzen will zu sprechen, keift Tommy, noch auf den Boden schauend, für Missy total überraschend, los:

„Ach nein? Warum denn? Ich denke schon. Aber das ist natürlich leicht gesagt. Weißt du was? Lass mich doch in Ruhe, jedes Jahr der gleiche Zirkus mit dem scheiß Urlaub und der doofen Urlaubsplanung."

Da Missy nicht gleich antwortet, da sie erst ihre Gedanken ordnen muss, wird Tommy selbstsicherer und etwas schärfer in seinem Ton. Er dreht sich mit jedem Wort mehr zu seiner Freundin nach oben, bis er ihr fordernd in die Augen schaut.

„Was genau passt dir denn eigentlich nicht? Erkläre mir das mal bitte. Du möchtest ans Meer, Ibiza ist am Meer. Du möchtest Sonne, Sommer, Strand, alles da! Alles was du willst gibt es dort und es gibt keinen Grund zu meckern, Missy. Was genau ist also dein Problem?"

Wieder einmal sieht Missy ihre Felle davon schwimmen. Noch ist sie motiviert, es ruhiger anzugehen und antwortet in einem relativ ruhigen Ton:

„Es geht nicht um ein Problem, oder mein Problem. Nein, es geht darum, dass es immer Party-Inseln sein müssen, Städte, in denen grundsätzlich nur die Post abgeht. Von Urlaub ist da nicht die Rede, zumindest nicht von einem Erholungsurlaub, das sind Party-Inseln! Für dich mag so etwas Urlaub sein, aber nicht für mich. Da geht permanent die Post ab."

„Ja und?"

Das war es mit Thema ‚ruhig' für Missy.

„Ja und? Ich möchte Erholung, einen Erholungsurlaub, mit meinem Partner, mit meinem Lebensgefährten gemeinsam am Strand liegen und chillen, ein wenig im Sand wühlen, im Meer baden, Sonnenuntergänge am Strand, Figuren in Wolken…"

„Welche Wolken? Außerdem: das alles haben wir auf Ibiza, wie ich es eben sagte. Hörst du mir denn nicht zu? Tagsüber chillen wir am Strand, und abends…"

„Nein, nicht chillen, du schläfst deinen Rausch aus, wie schon im letzten Urlaub in Spanien in Lloret de Mar. Ich konnte dort nicht ein einziges normales Gespräch mit dir führen!"

„Gespräch? Was hast du denn zu besprechen, ich dachte wir wollen Urlaub machen und uns erholen. Wie war das eben mit chillen und Erholung und so? Deine Worte. Und außerdem: Sonnenuntergänge haben wir jeden Tag am Strand, und auch schon mehrfach miterlebt, falls du das nicht mehr wissen solltest."

„Jaha, entweder mit besoffenem Kopf oder so kaputt, dass du gar nicht richtig anwesend warst. Denkst du das ist schön für mich? Oder wie war das in Novalja, als du mir vor die Füße gekot…"

Tommy springt von der Couch auf und hebt leicht drohend den Zeigefinger nach oben.

„Oh, jetzt fängst du damit wieder an, da habe ich etwas Falsches gegessen!", ruft er wutentbrannt.

„Ja, ja, etwas Falsches gegessen, du mich auch!"

Missy reicht es. Sie hat kein Interesse mehr, weiter zu diskutieren, denn sie weiß genau, das hat heute keinen Sinn mehr. Sie würden sich, wie so oft, im Kreise drehen und sie hat jetzt keine Nerven für so etwas. Erst vor kurzem ist ihr Kaninchen Bunny verstorben, sie hat zurzeit extrem viel Stress auf der Arbeit und dann scheint sich auch noch eine Erkältung anzubahnen. Da auch noch mit ihrem Tommy streiten, nein danke. Heute sind beide extra ein wenig früher von der Arbeit heimgekommen. Sie wollten sich ein schönes Wochenende machen und damit beginnen, den nächsten Urlaub zu planen. Doch jetzt hat sie die Schnauze voll und stampft wutentbrannt aus dem Zimmer.

„Wo gehst du hin?"

„Kann dir doch egal sein!", schreit sie, packt ihre Tasche, schmeißt sie neben die Tür auf den Boden. Hetzt zur Garderobe, wirft sich ihre Jacke über und stürmt höchst gereizt und aggressiv wieder zur Tür. Ihre Schuhe hat sie glücklicherweise noch an. Missy findet es höchst unangenehm, wenn sie auf Grund eines Streites schnell die Wohnung verlassen will, und sich erst noch mühsam die Schuhe binden muss. Doch sie ist gleich nach der Arbeit zu Tommy auf die Couch, um vor lauter Vorfreude ihre in der Mittagspause ausgesuchten Urlaubsvorschläge aus dem Reisekatalog zu präsentieren.

„Ist es aber nicht, sag schon. Draußen ist es arg kalt."

„Ich muss einfach raus hier! Ich halte diese Streiterei nicht aus.", ruft Missy verzweifelt.

„Nein, Baby, komm bleib hier, es tut mir leid. Lass uns das vernünftig klären…"

TOMMY

Tommy hat schon wieder ein schlechtes Gewissen. Er weiß, dass er oft nicht wirklich nett zu seiner Liebsten ist. Sie hat das nicht verdient und er möchte doch, dass sie glücklich ist. Aber er ist irgendwie egoistisch veranlagt und hat sich oftmals einfach nicht unter Kontrolle. Doch das macht er schließlich nicht mit Absicht, warum versteht sie das nur nicht.

Missy bleibt mit wütendem Blick an der Tür stehen und sagt:

„Du meinst wohl, nach deinen Wünschen fertig besprechen!"

„Nein, komm schon, es ist schon recht spät, es wird gleich dunkel, und es ist wirklich kalt. Du bist doch schon leicht angeschlagen."

„Seit wann bockt dich das..."

„Immer, und jetzt komm wieder her. Bitte."

Missy läuft wutentbrannt hin und her. Dabei schimpft sie:

„So ein Blödsinn, als ich vor zwei Monaten erkältet war und schon flach lag, war es dir nicht möglich, mir einen warmen Tee an das Bett zu bringen, als ich bitterlich gefroren habe. Die X-Box war dir wichtiger, oder genauso vor zwei Wochen, als Bunny starb..."

Oh nein, nicht wieder die Geschichte, denkt Tommy.

„Ach bitte, wirf mir nicht wieder vor, dass ich dich nicht getröstet habe, ich bin sensibel und kann mit so etwas nicht umgehen, mir tat das selbst so arg leid."

„So ein Blödsinn, du bist doch froh das Bunny weg ist. Du hast mir oft genug zu verstehen gegeben, das er dich stört!", sagt sie mit vor Wut aufsteigenden Tränen.

Sie schaut kurz aus dem Fenster, versucht sich zu beruhigen. Es fängt schon leicht zu dämmern an. Missy sieht den Sonnenuntergang, ein wunderschöner Himmel in tollen Farben. Doch sie nimmt das tolle Bild nicht wirklich wahr. Sie hört, wie Tommy sagt:

„Nein, Schatz, ich war nur sauer als es mein X-Box Kabel angefressen hatte. Aber ich mochte es schon."

Wutentbrannt dreht sie sich um und ruft: „ES? Sag mal spinnst du?"

„Ach komm, so war es doch nicht gemeint. Das Karnickel. Deshalb ‚es'. Das war doch jetzt nicht abwertend gemeint."

„Ja von wegen. Du hast ein Problem mit Nagetieren. Und ebenso mit meinen Wünschen und Bedürfnissen!"

Missy läuft wieder hin und her. Läuft einen kleinen Kreis, bleibt am Fenster stehen, schaut kurz raus.

Sie erschreckt für einen kurzen Moment, als sie ihr Spiegelbild im Fenster sieht. Sie wundert sich sehr über den Anblick, der ihr entgegen schaut. Zum einen sieht es nicht genauso aus wie ihr Spiegelbild, sondern eher, als würde eine Frau, nein, eigentlich sie selbst draußen vor dem Fenster stehen und hinein starren. Zum anderen fällt ihr auf, dass in dem Gesicht der Person, die sich durch die Scheibe zeigt, fast schon die Züge ihrer Mutter zu finden sind. Verrückt, die Frau sieht aus wie Missy, nur um einiges älter. Und nicht nur das, „sie" sieht auch sehr blass, dürr und abgemagert aus. Die Frau starrt Missy genauso überrascht an, wie Missy es gerade ist. Ein leichter Schauer überkommt sie.

Ich sehe scheiße aus, oder bin das nicht ich, wenn nein, wer ist das? Schießt ihr kurz durch den Kopf.

Doch ehe sie etwas sagen, oder weiter darüber nachdenken kann, dass sie sich selbst vor dem Fenster sieht, beziehungsweise eine Frau, die wie sie selbst, nur etwas älter aussieht, so schnell reißt Tommy sie mit seinem scharfen Ton wieder aus den Gedanken und Missy ist mit ihrer Aufmerksamkeit wieder bei ihrem Freund:

„Jetzt übertreibst du aber, komm mal wieder runter meine Liebe!"

Wieder mitten im Geschehen dreht sie sich der Raummitte zu und keift sie zurück: „Ach ja? Meine Liebe! Von wegen! Massiert hast du mich weder, als ich vor Schmerz nicht einmal mehr richtig sitzen konnte, als ich mich verdreht hatte, noch in der Zeit, in der ich so viel arbeiten musste vor einem Monat, und ich deswegen permanent verspannt war und ständig Schmerzen hatte. Egal wie oft ich es angesprochen habe, es hat dich einen Scheißdreck interessiert! Und das ist nur ein Beispiel von vielen."

„Ich habe dir gesagt: ‚Ich massiere dich gleich', ich wollte nur noch schnell das Spiel im Fernseher zu Ende schauen."

„Du hast für alles eine Ausrede um alles hinauszuzögern, in der Hoffnung ich vergesse es wieder, und mir reicht es jetzt! Es geht zudem nicht nur um das Massieren, das war lediglich ein Beispiel. Argh, ich platze gleich und deshalb muss ich hier raus sonst passiert noch etwas, oder ich sage Dinge, die ich später bereue!"

„Ach komm schon. Wir lassen das mit dem Urlaub. Ich will keinen Partyurlaub mehr. Wir machen das was du möchtest, okay?"

„Ich muss raus, einfach nur raus hier. Und das ganz schnell. Sonst platze ich wirklich. Ich werde ein wenig herum fahren! Tschüss."

Ohne dass Tommy noch etwas sagen kann, fällt auch schon die Tür in das Schloss und Missy ist verschwunden.

„Na toll. So eine Scheiße aber auch", ruft Tommy, läuft zur Couch und setzt sich wutentbrannt hin. Kurze Zeit überlegt er, ob er die Verfolgung aufnehmen soll. Doch seine Freundin ist schon mehr als einmal abgetigert, als es zum Streit kam.

Die kommt schon wieder, denkt er und schaltet den Fernseher ein.

Kapitel 2

Missy läuft sehr schnellen Schrittes zu ihrem Auto. Rennen muss sie nicht. Sie weiß, dass Tommy ihr nicht folgen wird. Dazu ist er zu bequem, und der Streit nicht ernst genug. In der Zwischenzeit kennen die beiden sich gut genug, so dass sogar

Tommy abschätzen kann, wann Missy einfach nur ihre Ruhe möchte, oder ob er seinen Hintern bewegen muss, weil sie erwartet, aufgehalten zu werden. Als Missy an dem Haus vorbeiläuft und dabei die Fenster im Augenwinkel auftauchen, denkt sie kurz an die Frau vorhin, die vor dem Fenster stand und sie anstarrte. Sie dreht ihren Kopf in die Richtung, in der die Frau gestanden haben muss, erkundet kurz die Gegend mit ihrem Blick, doch kann weit und breit niemanden sehen.

War sicher nur Einbildung, wegen des beschissenen Streits, denkt sie und steigt in ihr Auto, das sie glücklicherweise heute Morgen vor der Arbeit vollgetankt hat, und fährt los.

„Muss ich jetzt wenigstens nicht noch an die Tanke tuckern und mit Menschen reden", bruddelt sie mit vor Zorn aufkommenden Tränen in den Augen vor sich hin.

Ich hätte jetzt keinerlei Lust darauf, irgendjemanden zu sehen. Schon gar nicht fröhliche Menschen.

Sie startet den Motor, schnallt sich an, legt den Gang ein und fährt los.

Zuerst fährt sie aus ihrer Straße heraus, die sich ziemlich lange zieht. Sie sieht dabei die gleichen Häuser wie mehrmals täglich. Morgens auf dem Weg zu Arbeit und auf dem Weg nach Hause. Entweder fährt sie anschließend nochmal los zum einkaufen, denn es liegt kein Supermarkt auf dem Weg von der Arbeit, oder in den naheliegenden Wald zum joggen. Gelegentlich besucht sie auch ihre Mutter oder ihren Bruder. Wahrscheinlich könnte sie die Straße blind entlang fahren.

Erst kommt das gelbe Haus mit den grünen Rollläden, weiter vorne das mit dem riesengroßen Hof. Manchmal sieht Missy in dem Hof einen Hund liegen. Einen hübschen, großen Golden Retriever.

Als Kind hatte sie auch so einen Hund. Leider ist er wegen einer Krankheit relativ früh verstorben. Ein herzensguter Hund ist er gewesen, ihr Cujo. Den Namen hatte der Hund schon, als ihre Eltern ihn aus dem Tierheim adoptierten. Umtaufen kam für die Familie nicht in Frage, schließlich war der Hund an den Namen gewöhnt. Der Vorbesitzer muss ein Stephen King Fan gewesen sein. Ihr Hund hatte allerdings rein gar nichts mit dieser tollwütigen Bestie aus dem gleichnamigen Buch gemein. Missy liebte ihren Hund sehr und vermisst ihn heute noch, wenn sie das ein oder andere Mal an ihn denkt. Schließlich war er damals ihr bester Freund. Nach Cujos Tod haben sich alle darauf geeinigt, keinen weiteren Hund anzuschaffen.

Auf der anderen Straßenseite, gegenüber dem Hof mit dem Golden Retriever, wohnt eine Frau die vor kurzem Zwillinge auf die Welt gebracht hat. Gelegentlich sieht Missy sie mit ihrem überdimensional großen Kinderwagen die Straße entlang laufen, mit einem dicken Strahlen auf dem Gesicht. Und manchmal kommt der Neid in Missy auf. Missy hätte gerne Kinder, aber Tommy möchte noch warten.

„Ich bin noch nicht soweit", sagt er jedes Mal, wenn sie das Thema anspricht oder bewusst Anspielungen macht.

Missy hofft, dass Tommy ehrlich genug ist und es ihr sagen würde, wenn er nie Kinder haben wolle. Denn das wäre für sie ein Grund, über die gemeinsame Zukunft nachzudenken. Eine Ex-Freundin von Tommy hat in der Vergangenheit versucht, ihm ziemlich hinterhältig ein Kind anzudrehen um die Beziehung zu halten. Missy vermutet eine Art Trauma bei Ihrem Partner, und hofft dass Tommy damit bald abgeschlossen hat.

Ab und zu sieht sie einige Katzen über die Straße flitzen oder über eines der Hoftore springen. Eine ist besonders schön. Sie ist silbergrau gestreift und hat blaue Augen. Aber die ist verdammt schnell weg, sobald sich ein Auto in der Straße bewegt, so dass Missy immer nur einen kleinen Blick auf die Schönheit erhaschen kann. Diese besondere Katze hat Missy für sich selbst „Silver" getauft. Bei einem abendlichen Spaziergang mit Tommy durch den Ort konnte sie die Katze eines Tages etwas länger beobachten, als diese sich auf dem Hoftorpfosten eines der Häuser in der Straße in der Abendsonne den Rücken gesonnt hat. Hoch genug, dass niemand so schnell an sie rankommt, fühlte sie sich sicher und ist nicht wie sonst gleich davon gehuscht.

Silver hängt oft in der Nähe des Hofes mit dem Hund herum. Missy hat sich oft gefragt, ob die Katze, die sie ab und an davon flitzen und über eines der Tore springen sieht, sich auch in diesen Hof mit dem Hund traut. Ob die beiden sich gut verstehen, oder ob der Hund die Katze davon jagt? Sie denkt normalerweise über viele Dinge nach, wenn sie durch den Ort fährt und die Häuser, die Grundstücke oder die Tiere sieht. Nur jetzt nicht. Das Einzige was sie denkt: sie möchte schnellstmöglich weg. Weg von den Häusern, weg von den Straßen, raus aus dem Ort und vor allem weit weg von ihrem Freund.

Sie biegt nach links, dann nach einigen Metern nach rechts. Vorbei an dem Haus mit dem coolen Auto, das des Öfteren vor dem dunkelblauen Zaun steht. Sein Besitzer hat es mit einer Flip-Flop Lackierung besprühen lassen. Je nach dem aus welchem Winkel man das Auto anschaut, schimmert es in unterschiedlichen Farben. Das kommt besonders toll, wenn die Sonne auf den Lack scheint. Doch heute würdigt Missy das Auto nicht mit einem Blick. Sie kann nicht einmal sagen, ob es überhaupt da steht.

Sie biegt auf die Straße Richtung Ortsausgang und folgt dieser, bis das letzte Haus an ihr vorbei huscht. Sie schaut nicht einmal nach den Menschen auf dem kleinen Markt, der am Ende des Ortes an einigen Tagen in der Woche geöffnet hat, unter anderem freitags. An diesem tummeln sich normalerweise immer einige Ortsansässige, egal ob jung oder alt. Die Dorfbewohner kennen sich, wenn auch nur vom sehen. Es gibt den besten und größten Salat weit und breit, die Kartoffeln sind immer bombastisch gut und auch Eier gib es zu kaufen. Frische Eier, die nicht aus Massentierhaltung stammen. Missy hat sich den Bauernhof eines Tages angesehen und sich davon überzeugt, dass die Hühner wirklich ein schönes Zuhause haben. Sie sind nicht, wie leider die meisten Hühner heutzutage, eingepfercht um als Eierherstellungsmaschine des Menschen leiden zu müssen.

Ab und an gibt es auch selbstgemachte Marmelade oder selbstgemachte Nudeln. Die Bauern und Bauersfrauen sind immer sehr freundlich, geben auch gerne mal eine Handvoll Gemüse gratis dazu, die kaufenden Leute unterhalten sich noch vor den Ständen und freuen sich über die leckeren Lebensmittel, die sie meist noch am selben Tag ihrer Familie servieren werden. Das ist immer ein schönes Bild, welches Missy auf eine gewisse Weise eine heile Welt vermittelt in der sie sich wohl fühlt. Doch heute nicht.

Nun ist sie auf der Landstraße. Seitlich dieser, auf den Geh- und Fahrradwegen ist abends viel los. Viele Familien gehen mit ihren Hunden spazieren, Eltern mit ihren kleinen Kindern. Jugendliche fahren mit Inline-Skates und auch einige Fahrradfahrer läuten ihren Feierabend sportlich ein. Was sonst immer interessant für Missy ist, beachtet sie heute nicht. Von der Landstraße aus biegt sie bei der nächsten Möglichkeit ab, auf die Autobahn.

Hier kann ich richtig Gas geben, denkt sie, macht das Radio an und beschleunigt ihr Auto.

Missy fährt einen kleinen blauen Ford Fiesta, der mit seinen 8 Jahren noch gut in Schuss ist. Komplett bezahlt ist er nicht, sie hat ihn vor 2 Jahren erst gekauft. Da sie zum Zeitpunkt des Kaufes kein Kapital hatte, muss das Auto noch weitere 2 Jahre lang finanziert werden. Er ist nicht perfekt, doch sie liebt ihr Auto. Der Sitz ist auf der Seite ein klein wenig eingerissen, da der Vorbesitzer einige Kilos zu viel auf die Waage brachte. Zumindest denkt Missy, dass dies der Grund für den Riss ist. Auf der Beifahrerseite sticht ein heller Fleck ins Auge. Sie weiß auch noch genau, wie es zu diesem Fleck gekommen ist. Sie hatte ihr Auto noch nicht lange, gerade einmal 2 Monate, als es passierte. Sie war mit Tommy zum Griechen, einen Ort weiter, gefahren. Sie hatten ausnahmsweise keine Lust auf Kochen, und zudem einen sparsamen Monat gehabt und wollten sich etwas gönnen. In der einen Verpackung war etwas viel Soße gewesen und Tommy hatte nicht bemerkt, wie diese auf den Sitz getropft ist. Erst in der Wohnung haben sie gesehen, dass die Verpackung verklebt war. Einen Tag später ist Missy das Missgeschick auf dem Autositz aufgefallen, doch sie musste in die Arbeit und konnte sich nicht sofort um den Fleck kümmern. Wie auch immer, der Fleck ging nie wirklich heraus, egal was die beiden versucht haben, um ihn zu entfernen. Missy ist das egal, denn sie denkt immer an diesen schönen Abend zurück, wenn sie den Fleck sieht.

„Außerdem macht genau dieser Fleck meinen Fiesta sympathisch. Perfekt ist doch langweilig", sagt sie zu jedem, der über den Fleck mosert und Missy auffordert, doch mal dieses oder jenes Putzmittel zu versuchen.

Auch sonst ist Missy was ihr Auto angeht sehr simpel gestrickt. Viel Wert auf Alufelgen, Spoiler und sonstige Sportausstattungen hat Missy nie gelegt, auch wenn ihr Freund sie stets dazu ansticheln möchte, damit das Auto „nicht mehr so Oma-like" aussehen würde. Das Einzige, was sie hat machen lassen sind getönte Scheiben hinten auf der Heckscheibe und den seitlichen hinteren Fenstern. Das hat Missy eingesehen, denn sollte sie jemals mit Tommy im Auto schlafen müssen, oder was auch immer, wollte sie ungern dabei von neugierigen Augen beobachtet werden. Aber mehr wollte und wird sie an ihrem Auto was Tuning angeht nie machen, sofern das bereits dazu zählt.

„Fahren muss es", sagte sie ihm Freund jedes Mal. „Ich möchte mein bisschen Geld lieber für unseren nächsten Urlaub ausgeben! Ein Auto ist ein Gebrauchsgegenstand und keine Schwanzverlängerung."

Auf diese Aussage hin muss Tommy immer schmunzeln.

„Hast ja gar keinen, den man verlängern könnte.", lautete meistens seine Antwort als Abschluss zu dem Thema.

Als Altenpflegerin verdient Missy nicht so viel wie ihr Tommy. Bei gerade einmal knapp 2.000 Euro Brutto je Monat bleibt nicht sonderlich viel hängen, wenn eine Frau noch ein Auto abzahlen, ihre Versicherungen und monatlichen Fixkosten stemmen, und noch einen Teil der gemeinsamen Möbel finanzieren muss. Sie zahlt lieber etwas weniger ab, spart dafür aber auch jeden Monat ein paar Euro damit beide ab und an in Urlaub fahren können. Zwar spendiert ihr Tommy den ein- oder anderen Ausflug und hat auch schon mehrfach angeboten, den nächsten Urlaub komplett zu übernehmen, doch das hat sie bisher immer abgelehnt. Sie möchte sich bestmöglich an allen Kosten beteiligen und vermeiden, sich jemals vorhalten zu lassen sie würde sich aushalten lassen, wie es ihr in der Vergangenheit bei einem ihrer Ex-Freunde passiert ist.

Der stressige Arbeitsalltag sorgt nicht immer für gemütliche Zweisamkeit. Dies, und auch das Geld, waren Gründe für das Zusammenziehen vor zweieinhalb Jahren gewesen. Die Mieten sind mit der Zeit teurer geworden. Da die beiden sich so oder so jeden Tag gesehen, und jede Nacht gemeinsam verbracht haben, wäre es auf Dauer sinnlos gewesen, für zwei Haushalte zu bezahlen. Der Hauptgrund war aber natürlich ihre Liebe und das Bedürfnis, noch mehr Zeit miteinander zu verbringen. Zudem hatte es beide extrem genervt, ihre Sachen hin und her zu tragen oder alles doppelt kaufen zu müssen. Doch auch wenn sie ihn sehr liebte und gerne mit ihm zusammen lebt, jetzt gerade hat sie mächtigen Zorn auf ihn!

Sie denkt kurz über Trennung nach, wie das halt so ist, wenn der Zorn auf den Partner bis in den Magen zieht.

Wer tut das nicht in Streitsituationen, beruhigt sie sich selbst, als sie sich dabei erwischt darüber nachzudenken, ob sie wegen den Trennungsgedanken ein schlechtes Gewissen haben muss.

Sie stellt sich vor wie es wäre, wenn sie oder er nun ausziehen würde. Wie es wäre, wieder alleine zu sein.

Niemand mehr, der vorschreibt wo hin der Urlaub gehen soll. Keiner der sagt, wie meine Sachen, zum Beispiel mein Auto aussehen müssen. Keiner, der über Haustiere mault.

Für einen kleinen Augenblick fühlt es sich befreiend an.

Doch jede Münze hat zwei Seiten, denkt sich Missy. *Zwar wäre das Negative weg. Aber mit einer Trennung wäre auch keiner mehr da, der mich mal in den Arm nimmt, wenn ich sauer oder traurig bin. Keiner, der mir Mut macht, wenn ich einmal verzweifelt bin. Keine starken Arme, in die ich mich abends im Bett schmiegen kann. Ich müsste alles alleine machen, alles alleine entscheiden. Niemand da, dem ich von meinem Tag erzählen kann wenn ich nach Hause komme. Davon abgesehen niemand vertrautes nachts unter meiner Decke.*

Missy schießen bei diesen Gedanken erneut die Tränen in die Augen. Es schmerzt in ihrer Brust und sie schiebt diese bescheuerte Vorstellung schnell wieder beiseite.

Wegen jeder kleinen Auseinandersetzung gleich an Trennung denken, was soll der Käse? denkt sie sich. *Ich werde damit sofort aufhören, das ist ein kleiner Streit, mehr nicht. Das bekommen wir auch wieder hin. Ich werde jetzt einfach an etwas anderes denken und mich von diesen negativen Gedanken distanzieren.*

Doch so einfach ist es leider nicht, mal eben an etwas anderes zu denken, auch wenn sie vor einem Jahr in einem Kurs über Autogenes Training gelernt hat, Gedanken beiseite zu schieben. Dies soll beispielsweise gehen, indem sie ihre Gedanken ‚wie Wolken vorbeiziehen lässt'. Doch das geht nun einmal nicht immer und zu jeder Zeit.

Ich muss etwas anderes versuchen. Etwas, das bei Streit oft hilft.

Ablenkung!

Missy dreht die Musik lauter und drückt aufs Gaspedal.

Ein Ziel hat sie nicht.

Sie schaut stur nach vorne und fährt einfach die Autobahn entlang. Glücklicherweise ist am heutigen Abend nicht viel los, und sie muss nicht viele Autos überholen, keines, um genau zu sein. Die Straße ist leer und sie hat freie Fahrt.

Zufällig spielen sie im Radio eines der Lieder, bei denen sie grundsätzlich gute Laune bekommt wenn sie es hört. Besonders geholfen hat in der Vergangenheit, wenn sie lauthals mitgesungen hat. Das geht nur, wenn sie alleine ist, denn vor anderen Leuten, auch vor Tommy, schämt sie sich zu singen. Doch jetzt ist sie alleine, also singt sie aus tiefster Seele mit. Es läuft „Summer" – von Calvin Harris. Und auch diesmal hilft es ihr ein wenig. So fährt sie fast schon schreiend den Rest des Liedes, das zwar nicht sehr viel Text hat, aber sie dadurch wenigstens ohne viel Konzentration mit trällern kann, durch den Abend.

Nach kurzer Zeit bekommt sie durch das laute Mitsingen, wenn man das so nennen kann, einen kleinen Hustenanfall.

Muss wohl an meiner sich anbahnenden Erkältung liegen, denkt sie, doch ihr geht es nun zumindest mental etwas besser.

Sie möchte sich aus ihrer Hosentasche ein Hustenbonbon fischen. Bevor sie heute Morgen aus dem Haus ging hat sie sich einige für die

Arbeit eingesteckt. Tagsüber war jedoch so viel zu tun gewesen, dass Missy vor lauter Stress nicht an die Bonbons gedacht und nur eines gegessen hat, und zwar in ihrer Mittagspause. Es sind also noch Bonbons übrig geblieben, was ihr nun in dieser Situation nicht unrecht ist. Allerdings gestaltet es sich ziemlich schwierig an die erlösenden Lutschdinger zu kommen, denn es ist gar nicht so einfach, im Sitzen und angeschnallt in die noch enger als sonst eh schon anliegende Jeanshose zu greifen.

Tommy mag es, wenn sie eine dieser engen Jeans trägt. Ihr schöngeformter Hintern käme so besonders toll zur Geltung, und er könne fast die Finger nicht bei sich lassen, sagt ihr Freund jedes Mal wenn sie eine solche Hose trägt. So hat sich im Laufe der Zeit der Kleiderschrank immer wieder mal nach einer Shoppingtour um eine enge Jeans erweitert.

Doch jetzt, während dem Autofahren, bringt ihr der tolle Anblick ihres Hinterns nicht sonderlich viel, im Gegenteil. So ein Bonbon aus der Hosentasche ziehen und dabei auf die Straße schauen gestaltet sich als anstrengende Geschicklichkeitsübung. Sie schafft es, befreit das Bonbon, steckt es sich in den Mund und ihr Husten klingt nach kurzer Lutschzeit ab.

Eben hat sie, wenn auch nur kurz, vor lauter Husten und singen den Streit mit Tommy vergessen. Das ist vorbei, die Gedanken sind wieder da als sie sich in die Melodie des nächsten Liedes hinein fühlt. „Enjoy the silence" – von Depeche Mode läuft als nächster Song. Prima, Tommys Lieblingsband. Allerdings mag Missy dieses Lied selbst sehr gerne. Es ist schließlich ein Klassiker.

Words like violence - Break the silence
Come crashing in - Into my little world
Painful to me - Pierce right through me
Can't you understand - Oh my little girl
All I ever wanted - All I ever needed - Is here in my arms
Words are very - unnecessary - They can only do harm

Vows are spoken - To be broken
Feelings are intense - Words are trivial
Pleasures remain - So does the pain
Words are meaningless - And forgettable
All I ever wanted - All I ever needed -Is here in my arms- …

… in Tommys Armen. Das Lied animiert Missy nicht mehr zum lauten singen, eher zum schmachten. Sie wird nachdenklich und grübelt über ihren Freund nach. Er ist eigentlich ein herzensguter, hilfsbereiter und lustiger Mensch. Doch in letzter Zeit, besonders in den letzten beiden Jahren, hat sich sein Partyverhalten und Ausgehdrang immer mehr gesteigert. Ständig waren sie am Wochenende in Clubs, Kneipen und Discotheken unterwegs. Sie geht ihm zu liebe zwar immer mit, denn ohne sie möchte Tommy nicht um die Häuser ziehen und ihm den Abend verderben liegt auch nicht in ihrem Interesse. Doch wenn sie etwas Zweisamkeit fordert, lässt er sich oft nur zähneknirschend auf Aktivitäten wie Restaurantbesuche oder einen Kinoabend zu Zweit ein. Ob er mit seinen 29 Jahren bereits in der Midlife-Crisis steckt? Oder bildet sie sich das möglicherweise nur ein und es ist gar nicht so unausgeglichen wie sie aktuell den Eindruck gewonnen hat? Oft sehen Paare viele Dinge als selbstverständlich an, die es eben nicht sind, was völlig natürlich ist. Jede einzelne Person, jeder Mensch hat seine eigenen Vorstellungen von Beziehung und Alltag. Manches Mal wird erst klar, welches Entgegenkommen der Partner einem entgegengebracht hat, wenn es bereits zu spät ist.

Ich werde die nächste Zeit bewusst auf Dinge achten, die mir sonst eventuell als selbstverständlich untergehen und die ich nicht sonderlich beachte. Möglicherweise ist die Situation zwischen uns wirklich nicht so schlimm wie es mir gerade scheint, denkt sich Missy.

Nach den 17 Uhr Nachrichten im Radio, es hat inzwischen zu dämmern begonnen, das geht zu dieser Jahreszeit noch sehr schnell, trällert Amy Winehouse ihr bekanntes „Valerie" und Missy reißt sich aus den Gedanken. Sie will sich nicht daran aufhängen, was mit ihrem Tommy momentan los sein könnte, oder ob sie hier falsche Thesen aufstellt. Sie möchte einfach wieder von ihrem Stresspegel und dem Streitgefühl runterkommen.

Eine Zigarette, denkt sie, *das wäre doch jetzt mal was.*

Sie raucht nicht oft. Doch es gibt Zeiten, in denen sie sehr gestresst oder stink sauer ist. Da überkommt es Missy das ein- oder andere Mal und sie greift zum Glimmstängel. In dem Punkt waren die Beiden sich wenigstens einig, Tommy handhabt es ähnlich. Der Unterschied zwischen beiden ist, er raucht noch gelegentlich wenn die beiden an den Wochenenden in einer Kneipe oder einer Discothek sind, Missy nicht. Rauchen beim Autofahren oder in der Wohnung ist jedoch für beide tabu. Missy hat hier allerdings, zumindest was das Rauchen im Auto angeht, das ein- oder andere Mal eine Ausnahme gemacht. Selbstverständlich hat sie dies ihrem Freund nie verraten. Doch selbst wenn sie wollte, ihre Zigaretten sind so oder so leer. Seit dem letzten Mal rauchen hat sie sich keine neuen Glimmstängel mehr gekauft.

Soll ich mir eine Schachtel kaufen? Heute hätte ich echt Grund dazu. Doch andererseits, nein. Jetzt habe ich bestimmt drei oder sogar vier Monate nicht geraucht. Irgendwie wäre ich schon blöd wenn ich jetzt wieder anfange. Ich wollte es so oder so komplett bleiben lassen. Ich denke ich schaffe es auch ohne. Nein, ich weiß es. Ich brauche das nicht!

Bei Missy ist es leider so, dass sie die Schachtel, wenn sie sie erst einmal hat, auch leermacht. Dazu muss sie dann auch nicht mehr genervt oder gestresst sein. Sie kommt nach Hause, sieht die Zigaretten herumliegen und nimmt sich eine. Auf die eine kommt es schließlich nicht an. Auf noch eine weitere auch nicht. So geht das dann bis die Schachtel leer ist. Verschenken oder wegwerfen ist nicht drin, denn schließlich kosten die Dinger einen Haufen Geld. Also: aufbrauchen. Sind sie erst einmal aus den Augen, sind sie aus dem Sinn. Hinterher ärgert sie sich dann wieder darüber, die ganze Schachtel weggeraucht zu haben und lässt es so lange bleiben sich neue zu kaufen, bis sie es nicht mehr aushält. Bis zum nächsten Moment in dem sie sich einredet, rauchen zu müssen weil sie sonst explodiert.

Sie ist fest entschlossen, an der nächsten Tankstelle stolz vorbei zu fahren, ohne zu halten um Glimmstängel einzukaufen, bevor diese Odyssee mit der Schachtel, die wieder verraucht werden muss, von vorne beginnt. Sie weiß, dass es eigentlich nur eine Ausredensucherei ist und sie nicht wirklich auf die Zigaretten angewiesen ist, und diese noch weniger ihre Sorgen lindern.

Wer weiß, für was es gut ist, dass ich mir keine kaufe, denkt sie.

Um es sich noch einfacher zu machen, überlegt sie sich, was noch alles schlecht daran wäre, würde sie dem leichten Drang rauchen zu wollen, nachgeben.

Womöglich würde mir eine heruntergefallen und würde mir ein Loch in den Sitz brennen. Oder sie würde hinten ins Auto rollen. Ich würde es nicht bemerken und dann... ach nein, nicht darüber nachdenken. Ich denke immer viel zu negativ. Bekanntlich zieht man doch an was man denkt. Also: positiv denken. Das sagt Tante Mary auch immer.

Leichter gesagt als getan. Fakt ist, würde sie nachgeben, würde Tommy es riechen, und der Streit hätte einen weiteren Nährboden. Doch was sie braucht ist ein Unkrautvernichtungsmittel.

Während Missy weiter auf der Autobahn fährt kommt sie, auch ohne sich Nikotin in die Lungen zu inhalieren, langsam wieder runter und beruhigt sich. Das Radio dreht sie, während sie über Tommy und auch ihren Zigarettenkonsum nachdenkt, leiser. Auf singen hat sie inzwischen keine Lust mehr. Ihr Hals kratzt trotz des Bonbons noch ein wenig vom letzten Hustenanfall. Einen Weiteren möchte sie nicht provozieren da sie nicht abschätzen kann, wie viele Bonbons sie noch einstecken hat. Sonderlich viel Spaß hat das Herausfummeln aus der engen Hose während dem Fahren auch nicht gerade gemacht und etwas zu Trinken wird sie ebenso nicht griffbereit haben.

Inzwischen hat sie ihre Geschwindigkeit etwas gedrosselt und fährt um die 100 Kilometer pro Stunde.

„Rasen kostet nur unnötig Sprit, den kann ich mir auch sparen", murmelt sie vor sich hin. „Ich verschleudere eh gerade wieder genug für diese Spritztour. Aber was ich brauche, brauche ich eben. Ich bin schließlich auch nur ein Mensch. Dafür rauche ich jetzt nicht. Das gleicht es wieder aus.", sagt Missy, um ihr Gewissen zu beruhigen.

Sie versucht einen klaren Gedanken zu fassen was ihren Freund angeht. Ihr fallen einige gemeine Sachen ein, besonders die gesagten Worte aus dem aktuellen Streit. Es hat er zu ihrem heißgeliebten Häslein gesagt. Er hat diese Geste gemacht, die sie auf Teufel komm raus nicht leiden kann. Und letzte Woche…

Nein. Genug mit den negativen Gedanken, ermahnt sie sich selbst. *So schlimm ist er auch wieder nicht,* denkt sie sich, und kramt einige Erinnerungen an die schönen Dinge aus ihrem Gedächtnis, die er schon für sie gemacht hat.

Bei einen ihrer größeren Streitigkeiten ist Missy zu ihrer Schwester Catrin gefahren, die circa hundertfünfzig Kilometer weit weg wohnt. Sie wollte dort etwas zur Ruhe kommen. Was hat Tommy gemacht? Er war ihr dorthin gefolgt, um ihr einen Liebesbrief mit den romantischsten

Worten einzuwerfen, die sie je von ihm gelesen hat. Damit hatte sie überhaupt nicht gerechnet. Sie saß gerade mit ihrer Schwester Catrin bei einem Glas Wein vor dem Fernseher, beachteten beide jedoch nicht das Programm, sondern unterhielten sich. Plötzlich klingelte ihr Handy, als Tommy ihr eine SMS schickte. In dieser gab er ihr den Hinweis, dass ihre Schwester dringend ihre Post kontrollieren sollte, und sie staunte nicht schlecht, als sie die Entdeckung machte. Das war eines der paar Male an dem er es sogar schaffte, dass sie für einen Moment wirklich sprachlos gewesen ist. Missy lächelt, als sie sich an die Situation erinnert und ein wohlig warmes Gefühl macht sich in ihrem Bauch breit. Ebenso hat er wie oft für sie am Wochenende den Wecker gestellt und ist früh aufgestanden, wenn sie irgendwas Bestimmtes machen wollte aber nicht alleine gehen wollte. Und das, obwohl er Langschläfer ist und frühes Aufstehen am Wochenende nicht ausstehen kann. Das bedeutet ihr so viel. Zeigt sie ihm das auch? Hat sie ihm das je gesagt? Wenn, dann ist es eine Weile her. Missy bekommt ein schlechtes Gewissen. Wie gerne würde sie sich jetzt in seine Arme werfen und einfach nur von ihm gehalten werden. Sie entscheidet sich dazu, wieder umzukehren und zu ihrem Schatz zurück zu fahren.

Scheiß auf den Streit, er soll seinen Urlaub haben, wir können doch dafür noch einen zweiten Urlaub machen.

Das Urlaubsziel kann ich mir ja dafür aussuchen. Genau, vielleicht wechseln wir uns einfach ab. Oder wir machen eine Losbox. Jeder wirft seinen Urlaubwunsch in die Box hinein, und dann wird gezogen. Vielleicht ist mein Schatz ja damit einverstanden. Jeder sollte sein Willen bekommen, auch er. So wäre es auf jeden Fall fair. Schließlich ist eine Beziehung ein Geben und ein Nehmen. Nach so vielen Jahren Beziehung sind solche Meinungsverschiedenheiten völlig normal. Dafür sind wir immer noch ein Paar, nicht wie die meisten unserer Bekannten. Und das will was heißen!

Missy ist sehr zufrieden mich sich. Sie hat rational und sachlich die Problematik eruiert und Lösungsvorschläge gefunden. Zudem ist sie bereit dazu, nachzugeben. Und das sogar ohne beleidigt zu sein. Sie möchte nicht, dass sie enden wie die meisten ihrer Freunde. In den letzten beiden Jahren haben sich fast alle Pärchen in ihrem Umfeld getrennt. Sie haben nie miteinander geredet und keine Lösungen für ihre Probleme gesucht. Jeder hat auf seine Meinung bestanden und jetzt war es das eben gewesen mit den Pärchen. So soll es bei ihnen nicht sein und niemals werden. Man kann nicht immer einer Meinung sein, das soll ein Paar auch gar nicht. Jeder soll sich engagieren und eine Lösung finden, am besten gemeinsam. Aufeinander zugehen. Sie hat jetzt eine Lösung gefunden, sie ist bereit nachzugeben. Fest entschlossen, dies auch dauerhaft anzuwenden und damit Streit zu vermeiden, gibt sie etwas mehr Gas. Sie möchte Tommy schließlich so schnell es geht wieder in die Arme schließen. Jede vergeudete Minute ist weg und kommt nicht wieder. Jede Minute in der sie unterwegs ist, fehlt den beiden gemeinsam.

„Ist doch traurig und stressig genug, der ganze Alltag. Das müssen wir nicht noch am Abend haben. Vor allem nicht noch zum Wochenende", sagt Missy.

Kapitel 3

Doch wo ist sie? Missy ist so gedankenversunken gewesen, dass sie gar nicht mehr auf die Straße und die Umgebung geachtet hat.

„Es wird schon bald eine Ausfahrt kommen", sagt sie sich und fährt weiter.

Vorbei an Bäumen die rechts neben der Straße am Straßenrand bis hin zum Horizont vereinzelnd in unregelmäßigen Abstand alle paar Meter stehen, folgt nach einigen hundert Metern ein Feld, welches sie zügig passiert und wieder auf einzelne Bäume schaut, an denen sie vorbeihuscht. Sie fährt und fährt doch es ändert sich fast nichts an der Umgebung. Es wechseln sich Bäume und Felder, Wiesen und Hügel, doch mehr nicht. Die Dämmerung des frühen Abends macht es dabei nicht einfacher etwas zu erkennen oder abschätzen zu können, wo in etwa sie sich befindet oder befinden könnte. Das einzig Außergewöhnliche, und eigentlich nicht einmal das, ist eine Fußgängerbrücke, die am Horizont erst klein, dann immer größer auf sie zukommt. Sie nimmt ihren Fuß vom Gas um etwas langsamer zu werden und schaut genauer zu beiden Seiten aus den Fenstern ihres Ford Fiestas hinaus, sieht nichts außer Feld und gelegentlich einige Bäume. Kein Haus, keine Tankstelle, kein Straßenschild. Nichts.

Missy fährt unter der Fußgängerbrücke durch, der sie sich in der Zwischenzeit genähert hat und hofft, dass kurz darauf eine Abfahrt folgt. Normalerweise sind in der Nähe von Brücken solche nicht allzu weit entfernt. Doch die Hoffnung erfüllt sich nicht, dem ist in ihrem Fall nicht so. Keine Abfahrt weit und breit. Wo ist sie? Ist sie Richtung Stadt gefahren? Dann hätte sie längst einige Ortschaften passieren müssen. Wahrscheinlich ist sie so in Gedanken versunken gewesen, dass sie die Auffahrt in die andere Richtung genutzt hat. So selten wie sie diese Richtung fährt ist es kein Wunder, dass sie sich hier fremd fühlt. Zudem ist es nicht helllichter Tag, wie soll sie sich so zurechtfinden. Missy ärgert sich über ihre Unaufmerksamkeit im Straßenverkehr, die so extrem am jetzigen Abend ist, dass sie nicht einmal die bisherigen Abfahrten zu den Orten oder auf die anderen Autobahnen bewusst wahrgenommen hat. Das ist lebensgefährlich. Wie schnell ist etwas passiert, wie schnell wartet der

Partner zu Hause vergebens auf seine bessere Hälfte. Sie denkt erneut an ihren Tommy und bekommt große Sehnsucht nach ihm, eine Mischung aus Angst und Unwohlsein vermischt sich mit dem Gefühl. Ihr tut der Streit mittlerweile schrecklich leid und sie wünscht sich, einfach nur wieder zu Hause auf der Couch zu sitzen und in dem Urlaubskatalog zu blättern. In Tommys Arm liegend.

Jeder Mensch ist wie er ist und jeder sollte seinen Partner nehmen und lieben wie er ist oder ihn loslassen. Ich will Tommy. Ich will nach Hause! Jetzt und sofort!, denkt sie.

Fest entschlossen gleich die nächste Abfahrt zu nehmen und schnellstmöglich nach Hause zu fahren, um Ihren Tommy wild zu umarmen und den Streit gut sein zu lassen, schaut sie gebannt und etwas träumend auf den Horizont der Straße. Nach weiteren gefühlten zehn gefahrenen Kilometern wird Missy aufmerksam und kommt im Hier und Jetzt an. Die Gedanken an ihren Freund verblassen als sie sich fragt, warum keine Abfahrt kommt. Sie achtet immer mehr auf die Umgebung, schaut auf die Gegenspur, schaut in den Rückspiegel. Ein Schauer überkommt sie. Wo sind andere Menschen?

„Wo sind die anderen Autos?", fragt sie sich grübelnd. „Wo bin ich hier, mir kommt die Gegend überhaupt nicht bekannt vor. Bin ich irgendwo abgefahren und weiß es nicht mehr?"

Sie ist die ganze Fahrt über so mit sich selbst beschäftigt, dass sie bisher nicht gemerkt hat, dass sie scheinbar die einzige Verkehrsteilnehmerin ist. Oder ist das die ganze Zeit so? Nein, sie meint sich zu erinnern, Autos überholt zu haben. Schwören kann sie es jedoch nicht.

Da sieht man es mal wieder, denkt sie, *jeder sollte mit hundertprozentiger Aufmerksamkeit im Auto sitzen. Jetzt habe ich keine Ahnung wo ich bin. Ich kann noch nicht mal sagen, wann ich das letzte Auto gesehen habe, oder ob ich hier auf der Strecke überhaupt eines gesehen habe. Ich denke schon, ich habe sicher auch einige überholt... Oder... habe ich das wirklich? Ich kann mich wirklich nicht erinnern. Und da ich täglich Autofahre kann ich es nicht sicher sagen ob ich die Erinnerungen an andere Autos nicht durch Automatismus abrufe. Ach du scheiße, soweit ist es schon mit mir.*

Missy schüttelt den Kopf.

Hier ist bereits seit einiger Zeit etwas merkwürdig und ich bemerke es nicht einmal. Gemeingefährlich ist das. Ich bin gefährlich. Ich gefährde mich und andere...

Missy schaut ein weiteres Mal prüfend auf die andere Straßenseite und in den Rückspiegel.

Nein, gut, nur mich. Es ist sonst schließlich NIEMAND DA. Man wie unheimlich. Ich hätte nicht ins Auto steigen sollen. Ich hätte einfach zu Hause bleiben sollen. Warum muss ich nur immer wieder abhauen?

Eine leichte Gänsehaut überkommt sie. Abgesehen davon, dass die Situation gerade etwas unheimlich ist, bekommt sie inzwischen das Gefühl, bereits seit vielen Stunden unterwegs zu sein.

Es wird schon gleich eine Abfahrt kommen, denkt Missy, und fährt weiter, wenn auch langsam ein wenig nervös. *Sicher schätze ich das falsch ein. Es ist einfach nicht möglich, dass stundenlang keine Abfahrt kommt. Ich bin verwirrt, meine Nerven angespannt. Das ist völlig normal. Ruhig bleiben, würde Tante Mary jetzt sagen.*

Sie überlegt sich, wie weit die längste Strecke ohne Abfahrt war, die sie bisher gefahren ist. Das müssten so ca. fünfzig Kilometer gewesen sein, dann sollte zumindest eine Tankstelle oder ein Rasthof kommen. Apropos, was sagt denn die Tanknadel…

Noch fast voll. Gott sei Dank, denkt sie.

Glücklicherweise hat sie auf dem Nachhauseweg von der Arbeit das Auto vollgetankt, denn der Spritpreis war heute Nachmittag extrem günstig. Sie hat sich noch gewundert, dass es gerade am Freitag so günstig ist. Da hat die Dame von der Kasse ihr erklärt, dass Sie ein neues Kassensystem bekommen hätten und es dadurch zu Fehlern und längeren Wartezeiten kommen könne. Die Inhaber der Tankstelle wollten die Kunden jedoch nicht zu sehr verärgern und hatten sich daher dafür entschieden, um möglichen Reklamationen vorzubeugen, den Preis auf fast den Einkaufspreis hinunter zu schrauben.

„Welch ein Glück für mich!" hatte Missy der Frau freudestrahlend geantwortet.

Eine Sorge weniger, denkt sie sich und fährt weiter, wenn auch mit einem etwas mulmigen Gefühl.

Das ist ihr bisher noch nie passiert, dass sie auf einer Autobahn fährt und keine Ahnung hat, wo sie ist und wie weit es bis zur nächsten Abfahrt sein muss. Zumindest nicht in einer gewissen Zeitspanne. Sie fährt noch eine Weile, doch es kommt keine Abfahrt. Auch nicht, als sie weitere gefühlte dreißig Minuten die Straße entlang fährt. Keine Ausfahrt, keine Ortschaft, kein anderes Auto. Keine Tiere auf den Feldern, keine Vögel am Himmel. Es wird immer dunkler und an der Landschaft wechselt sich lediglich das übliche Bild ab: Mal zieht ein Wald an ihr vorbei, dann ein Feld, einige Hügel. Ab und an eine Wiese, eine Strecke mit vereinzelten Bäumen. Selten eine Brücke, doch ohne eine darauf folgende Abfahrt. Es kommt nichts, außer der ewigen Strecke geradeaus auf der Autobahn. Nichts nach gefühlten gefahrenen dreißig Kilometern, und auch nicht nach weiteren gefühlten zwanzig Kilometern.

Es bilden sich Schweißperlen auf Missys Stirn. In ihrem Bauch entwickelt sich ein unangenehmes, kaum beschreibbares Gefühl. Ähnlich als wenn

Schmetterlinge im Bauch herumfliegen nur nicht schön wie in der Phase des Verliebt seins. Eher unangenehm, als wenn man einen Horrorfilm schaut und genau weiß, dass gleich etwas passiert aber nicht genau weiß was.

Der Radioempfang lässt inzwischen zu wünschen übrig. Missy bezweifelt, dass es daran liegt, dass sie zu weit weg von zu Hause ist. Das kann nicht sein, so weit ist sie nun auch wieder nicht gefahren. Oder doch?

„Sicher ist das Radio defekt", murmelt sie vor sich hin, auch, um sich etwas zu beruhigen. „Ist schließlich auch nicht mehr das Jüngste, irgendwann gehen nun mal die einzelnen Teile kaputt. Der Kunde soll genötigt sein, Geld zu investieren. So ist es doch heutzutage."

Sie drückt alle Knöpfe durcheinander, doch keiner ihrer Sender funktioniert. Missy betätigt die entsprechenden Knöpfe, um manuell nach anderen Sendern in Reichweite zu suchen. Es ist nur Rauschen zu hören.

„Crzzzz …. Chhrzz .."

Halt, da war was, Missy schaltet einen Sender zurück.

„Hallo, … chhrzzz... jemand? Hallo, …..chhhrrrzzzz….

Bitte kommt jem…chrz….steck…cchrrrzzzzzzzz….

Schwierigkei……………chrrzzzzzzzzzzzzzs…… v

erfah……………chrrrzzzzzzzzzzzzzzzzzzzzz………e
iß nicht wo…….

„Was zum Teufel… ist das? Hört sich fast an wie meine Mutter...", ruft sie erschrocken und zeitgleich amüsiert. Sie dreht das Radio lauter um besser verstehen zu können, was gesprochen wird.

„…… chhhhhhhhrzzzzzzz……lfen…………Sie
………..chzzzzzzrrrrrrrrr…….. noch nach Hause…
…….chrzzzzzzzzzzzzzzzzcccchhhhhhh…………
mich……. da jemand………
………chhhhhhhhhrzzzzzzzzzzzzzz…
bitte………………………..   hören
……………………………..chhhhhhhhhhhhhhhchcchchh
hhhhzzzzzzzzzzzzzzzzz…………………….   helfen
……………………chhhrrrzzzzzz ….
Großen………..Hung……………………………….
………..chhhchhhhhhhhhrzzzzzzzzzzzzzzzzzzzz……
………………..zzzz………….

Angst   bitte   …………...chrrrrrrzzzzzzzzchrh
………helfen………chhhhhhhhhhhchhhhhhhhhhh
hrzzzzzzzzzzzzzz…………..   nicht   wo   ich
bi………….chhhhhhhhhhhhhhhrzzzzzzzz…….
biiiitt…..chhzz…..."

Plötzlich bricht der Empfang komplett ab und nichts außer Rauschen ist zu hören. Missy klickt noch ein paar Mal hin und her, doch es kommt nichts mehr aus dem Gerät. Das Rauschen ist nervig, sie schaltet das Radio aus. Das eben Gehörte bringt sie noch etwas mehr durcheinander als sie bereits durch die Gesamtsituation ist. Sie weiß nicht, was sie davon halten soll. War das ein Hilferuf? Wenn ja, wo kam er her? Da hat doch jemand genau mit ihr gesprochen. Beobachtet sie jemand? Woher weiß die Person, dass Missy hier fährt und am Radio dreht? Es klang keinesfalls böse, ist sie dennoch in Gefahr? Wie kommt sie nur darauf zu denken es könnte ihre Mutter gewesen sein?

Zumindest das ist logisch, denkt sie. *In Angstsituationen möchte jeder seine Mutter in der Nähe haben. Es rufen die meisten Menschen nach ihrer Mutter wenn sie Angst und Qualen leiden, oder etwa nicht?*

„Stopp!", sagt sie sich laut, „Genug jetzt mit Herumspinnerei. Von wegen Qualen. Beobachten. Gefahr. Ich glaube mein Schwein pfeift. Angst, ok. Das lasse ich noch gelten. Dass Menschen in Angstsituationen sich etwas zu Recht spinnen können, ist sicher keine Seltenheit. Aber das einzige was mir momentan Angst bereitet ist die Unsicherheit. Nicht zu wissen wo ich bin, nicht zu wissen wann ich endlich von dieser verflixten Autobahn abfahren kann. Das eben war nur ein Radiosender, der kaum zu verstehen war. Alles andere habe ich mir eingebildet und Punkt. Es wird sein wie vor kurzem in der Doktor Serie."

Erst vor kurzem haben die beiden, Tommy und Missy, eine TV-Serie namens Dr. House angesehen. Anfangs war es gewöhnungsbedürftig, Tommy mag keine Serien dieser Art, in der es um

„normale" Dinge geht, ohne Außerirdische oder Personen mit Superkräften. Doch mit der Zeit mochte auch er den Hauptdarsteller gut leiden, mit seinen verrückten und teilweise bösartigen Verhaltensweisen, und trotz dass er sich an keinerlei Regeln hielt dennoch grundsätzlich mit allem Recht hatte. Sie haben letztendlich alle 8 Staffeln gemeinsam angesehen. Und das gerne. In einer der Folgen ging es um einen Patienten, der während eines Fluges eine schlimme Krankheit erlitt. Dr. House, der Arzt saß zufällig auch in diesem Flugzeug. Plötzlich ist gut die Hälfte der anderen Passagiere ebenfalls erkrankt. Doch der gemeine Arzt fand heraus, dass es sich um Massen-Hysterie handelte und die Passagiere, bis auf den einen, gar nicht wirklich krank waren. Prompt hörten die Symptome auf. Der wirklich kranke Patient hatte letztendlich nichts Ansteckendes, wenn es auch knapp für ihn war. Das hat allerdings nichts mehr mit Missys Situation zu tun. Sie vermutet, dass sie sich vor lauter Angst Dinge einbildet, die nicht da sind, denn dazu sind Körper und Geist eines Menschen definitiv fähig. Das hat sie durch die Serie wieder in ihr Gedächtnis gerufen. In ihrer Ausbildung hatten sie das Thema natürlich durchgekaut. Doch wer behält sich schon alles aus der Zeit· des Lernens?

Auf CDs hat Missy keine Lust, sie wüsste nicht einmal ob in den Tiefen des Handschuhfaches überhaupt welche zu finden sind. Also bleibt das Radio komplett aus. Die Gesamtsituation findet sie dennoch unheimlich, und die Stimme im Radio hat es nicht besser gemacht. Sich jetzt hineinzusteigern und sich etwas zusammenzureimen bringt sie allerdings nicht nach Hause. Und das ist das Ziel das Missy just in diesem Moment verfolgt. Und kein anderes.

Während sie so vor sich hin fährt, spinnt sie sich in ihrem Kopf verschiedene Situationen zusammen. Was ist, wenn ihr der Sprit ausgeht und keine Tankstelle kommt? Dann müsste sie ihren Freund anrufen und ihm erklären wo sie ist, was sie aber nicht weiß. Wie soll sie das machen, wenn sie nicht einmal annähernd abschätzen kann, wo... Moment... Genau...

„Das ist es!", ruft sie voller Hoffnung und haut sich mit ihrer flachen rechten Hand gegen die Stirn. „Ich bin so dumm. Anrufen! Warum habe ich nicht gleich daran gedacht. Vielleicht kann Tommy mir helfen, indem ich ihm ungefähr beschreibe, wie lange ich bereits unterwegs bin. Möglicherweise hat er eine Idee, wo ich sein könnte!", sagt sie sich. „Schließlich hat er ein bombastisches Gedächtnis was Straßen, Strecken und Autobahnen angeht."

Andererseits ist sie nur geradeaus gefahren, und hier stimmt definitiv irgendetwas nicht. Ob sie vorhin unaufmerksam war oder nicht, einen

Filmriss hat sie nicht. Und von Aliens ist sie auch nicht entführt worden. Sie schmunzelt bei dem Gedanken.

Was ich für einen Müll denken kann, aber besondere Umstände… na wie auch immer.

Sie ist mit ihren Gedanken immer wieder abgeschweift, dass weiß sie. Auch, dass sie die meiste Zeit nicht auf ihre Umgebung geachtet hat. Aber eins weiß sie mit ziemlicher Sicherheit: Sie ist definitiv nirgends abgefahren oder in eine Kurve gefahren. Das stinkt bis zum Himmel. Normalerweise, egal in welche Richtung sie bisher gefahren ist und egal zu wem, ganz gleich ob Landstraße, Autobahn oder sonst wo, solange geradeaus gefahren ist sie definitiv noch nie. Ob sie doch so unaufmerksam war und es nur nicht bemerkt hat? Egal, ihr Tommy wird ihr helfen. Alles Weitere klärt sich im Nachgang.

Wie dumm ich doch bin, ich doofe Nuss, denkt Missy. *Halten werde ich hier nicht, ist immerhin niemand zu sehen. Also wird nicht gleich die Polizei auftauchen wenn ich beim Fahren telefoniere.*

Sie möchte in ihrer Tasche nach dem Handy wühlen… greift auf ihren Beifahrersitz, und greift: ins Leere! Sie greift auf den Boden soweit sie während dem Autofahren kommt ohne das Lenkrad loslassen und den Blick von der Straße nehmen zu müssen, doch findet: Nichts. Auch auf dem Boden hinter ihrem Sitz. Nichts. Nirgends ertastet sie ihre Tasche. Sie überlegt kurz. Tja, welche Tasche…

„So ein verdammter Mist!!!", schreit sie laut.

Soeben erinnert sie sich daran, dass sie so wutentbrannt die Wohnung verlassen hat ohne daran denken, nach ihrer Tasche zu greifen. Diese hatte sie, um ihre Jacke an die Garderobe zu hängen, schnell neben die Tür geworfen. Sie wollte als sie nach Hause kam nur noch den Urlaub aussuchen und hat die Tasche nicht an ihren gewohnten Platz gelegt sondern auf dem Boden liegen lassen. Genauso wenig hatte sie an ihr Handy gedacht, das wahrscheinlich noch auf dem Wohnzimmertisch, oder sogar in der Tasche liegt. Das bedeutet, dass Tommy sie nicht einmal erreichen könnte, selbst wenn er den Schritt auf sie zumachen wollte. Sicherlich hat er es schon einige Male versucht sie anzurufen, oder ihr SMSen geschickt. Oder auch nicht. Es ist eben Tommy.

Der denkt sich meistens ich komme wieder und hat schon vor langem aufgehört mir hinterher zu telefonieren. Hat er auch Recht, während dem Autofahren soll niemand in die Versuchung geraten einen Anruf entgegenzunehmen, schon gar nicht um zu streiten. Ist viel zu gefährlich. Und das Missy gerne eine Runde mit dem Auto dreht um sich abzureagieren das weiß Tommy.

„Jetzt braucht man das Scheißteil einmal wirklich...", ruft sie sauer und schlägt vor lauter Zorn mit beiden Händen fest auf das Lenkrad.

Sie bereut dies sofort, denn es tut höllisch weh. Und sich vom Autofahren durch Schmerzen abzulenken ist sicherlich nicht die beste Option, sondern gefährlich. Ihr bleibt nun nichts anderes übrig als weiterzufahren.

„Na, bei meinem Glück steht es noch auf lautlos, und mein Schatz merkt es nicht einmal, dass das Handy zu Hause liegt und denkt ich ignoriere ihn, sollte er doch anrufen. Super. So eine Scheiße. Mensch, da ist ja noch das nächste Problem, hoffentlich hält mich die Polizei nicht an. Das würde mir gerade noch fehlen, ohne Papiere... wobei, dann könnte ich wenigstens erfahren wo ich bin… vielleicht sollte ich mich extra auffällig verhalten… naja bringt aber nichts wenn kein Mensch außer mir auf dieser gottverlassenen Straße unterwegs ist!", murmelt sie vor sich hin, und fährt, wieder richtig sauer, doch diesmal auf sich selbst, weiter.

Sie sieht im Augenwinkel viele Bäume seitlich an ihr vorüberziehen. Zwischen den Bäumen befindet sich in unterschiedlichen Abständen immer wieder eine Wiese oder ein Feld. Verlassene Wiesen wohlgemerkt, ohne irgendwas, ohne irgendjemanden. Kein Mensch, kein Tier, kein Haus oder sonst irgendwas, das auf eine naheliegende Ortschaft hinweisen würde. Normalerweise sieht Missy viele Kühe oder Schafe auf den Wiesen, allerdings nur, wenn es hell ist.

Hier sieht sie nichts. Auch keine Blumen, soweit sie das am in der Dämmerung beurteilen kann. Es ist ziemlich merkwürdig, dass die Dämmerung sich so lange zieht. Normalerweise geht es von Beginn der Dämmerung relativ schnell bis es stockdunkel ist. Jetzt hat sie das Gefühl, es dämmert bereits seit Stunden.

Wahrscheinlich sind alle Tiere, sofern diese tagsüber hier grasen, zu Hause im Stall. Wobei... dann müsste ich Zäune sehen. Und zudem, wenn es dunkel wird sind im schwachen Licht normalerweise Rehe an den Waldrändern zu sehen, denkt sie.

Doch sie sieht momentan gar nichts. Kein Reh weit und breit.

Gut, denkt sie sich, *dann rennt mir auch keines vor mein Auto. Ein Unfall würde mir aktuell überhaupt nicht in den Kram passen, jetzt, da ich gerade die Versicherung heruntergestuft habe auf Haftpflicht, um etwas mehr Geld zur Verfügung zu haben, unter anderem für den Urlaub.*

Urlaub... sie denkt wieder an ihren Tommy, und dass er gar nicht weiß wo sie hin ist. Dass er keinerlei Ahnung davon hat, wie sehr sie sich nach ihm sehnt. Wie leid ihr der Streit tut. Er kann sie nicht einmal anrufen, sie ist schließlich ohne Handy aufgebrochen.

Oh Mann, ich möchte endlich nach Hause, denkt sie.

Sie stellt sich vor, wie Tommy gleich hinter ihr auftaucht. Ihr Lichthupenzeichen gibt, und sie sicher nach Hause führt. Dort würde er sie erst einmal kräftig umarmen, sie innig küssen und sie würden sich versöhnen. Auf eine sehr intime Art und Weise... Wunschvorstellung. Woher sollte er denn wissen wo sie ist. Hellsehen kann er nun wirklich nicht.

Nach etlichen gefahrenen Kilometern, wie viele kann sie nicht abschätzen, taucht vor Missy eine kleine Brücke auf. Sie sieht aus der Ferne lediglich ein Geländer, es scheint wieder nur eine Fußgängerbrücke zu sein. Diese ist sehr schmal, und niemand ist zu erkennen. Natürlich nicht, es ist schließlich schon später Abend und inzwischen auch richtig dunkel. Weit und breit ist keine Ortschaft zu sehen. Und warm ist es auch nicht gerade, also nicht die besten Umstände für einen wirklich langen Spaziergang am Abend. Die Hoffnung, Menschen zu sehen, schwindet gleich null. Kurz überlegt sie, ob sie halten soll und warten, ob vielleicht doch jemand kommen könnte. Aber sie entscheidet sich dagegen. Da würde sie wahrscheinlich noch bis morgen früh stehen, wenn nicht noch länger. Seitlich sieht Missy einen Hang, schätzungsweise 5 Meter hoch. Einige Bäume stehen auf diesem. Es sieht alles irgendwie verwahrlost und einsam aus. Nach einigen gefahrenen hunderten von Metern flacht der Hang wieder ab und ein Feld ist zu sehen. Was es für eines ist, kann Missy nicht erkennen. Denn zum einen ist es zu dunkel dazu, und zum anderen sind die Felder um diese Jahreszeit noch nicht am blühen. Als sie an dem Stück vorbeigefahren ist, sieht sie am Übergang einige Bäume stehen. Nach den Bäumen taucht das nächste Feld auf.

Wie öde, langsam wird es echt lästig.

Sie schaut stur auf die Straße. Geradeaus, nichts als Asphalt, eine Mittelleitplanke, Leitplanken hinter dem Seitenstreifen, Mittelstreifen auf der Fahrbahn und keine Veränderung am Horizont. Nach einiger Zeit schaut sie wieder an die Seite. Ein weiteres Feld taucht in ihrem Sichtbereich auf, ebenso auf der Seite der Gegenfahrbahn. Immer wieder prüft sie auch die Gegenseite, damit sie nichts verpasst um einen Anhaltspunkt über ihren aktuellen Aufenthaltsort zu bekommen. Als sie ihre Seite wieder prüft, fährt sie an einer Wiese vorbei. Am Horizont erkennt sie einen kleinen Wald auf sich zukommen. Das kann sie mit ziemlicher Genauigkeit sagen, denn die Bäume sind selbst in der Dunkelheit nicht zu übersehen.

Wie schön das aussieht, schön und mysteriös zugleich, denkt Missy.

Sie richtet ihren Blick in Richtung Himmel. Es ist eine klare Nacht. So sieht es zumindest aus. Eigentlich kann es ja erst Abend sein, zumindest von ihrem Zeitgefühl. Doch ob das stimmt... Es sieht zumindest aus, als sei es mitten in der Nacht. Missy sieht die Sterne am Himmel und den leicht unvollständigen Mond. Es war erst vor zwei Tagen

Vollmond. Somit ist der abnehmende Mond noch groß genug um der Erde einiges an Licht zu spenden.

Ach wie schön er aussieht. Ich liebe den Mond. Er hat mich schon immer fasziniert.

Sie kurbelt die Scheibe ihres Autos zu einem Drittel herunter. Kalte, klare Luft strömt in ihr Auto. Sie nimmt einige tiefe Atemzüge und denkt: *Eine schöne Nacht. Wenn es denn bereits Nacht ist. So alleine unter diesem wunderschönen Himmel, in der Ferne die Bäume. Man muss den Augenblick genießen, das mache ich jetzt.*

Die Luft wirkt ein wenig beruhigend auf Missy, die für wenige Sekunden ihr Angstgefühl vergisst. Doch es ist zu frisch, so dass Missy nach circa zwei Minuten bereits das Fenster schließt. Das Ablenkmanöver hält auch nicht lange an. Die eigentlichen Gedanken schießen ihr wieder in den Kopf. Sie möchte nach Hause, so schön es auch hier gerade aussieht, wie beruhigend die Aussicht und die Luft auch sein mögen. Unter anderen Umständen ist dies alles sicher fantastisch. Doch nicht jetzt. Nicht jetzt und nicht heute.

Normalerweise freut sie sich, wenn sie, allerdings nur als Beifahrer, an einem Wald vorbeifährt. Missy versucht immer ein Blick auf ein wildes Tier zu erhaschen. Leider klappt das sehr selten, da die Tiere durch die Geräusche der Autobahn nicht in den Sichtbereich kommen. Doch ab und an sieht sie ein Reh, einmal sah sie sogar einen Fuchs. Sie denkt bei dieser Erinnerung an ihren Freund, der ihr während sie nach Tieren Ausschau hält, irgendetwas von der Arbeit erzählt und nicht bemerkt, dass seine Freundin mit den Gedanken wo ganz anders ist. Nach einigen Kilometern hört der Wald, den Missy die ganze Zeit durchfahren hat, auf, und sie sieht wieder ein Stück Feld. Am Horizont sieht sie, dass sich seitlich wieder ein Hang aufbaut und ihr somit die Sicht auf das, was dahinter liegt, versperrt. Als Missy diese Stelle erreicht hat, schaut sie gespannt auf die Seite. Doch nach einigen Metern taucht nicht das auf, was sie sich erhofft hat. Stattdessen flacht der Hügel wieder ab und es ist wieder ein Feld am Straßenrand zu sehen, weiter vorne tauchen am Horizont erneut einige Bäume auf. Nichts ändert sich in den letzten Stunden dieser Fahrt. Immer die gleichen Bilder, immer die Gleiche Aussicht. Es ist langweilig, nervig und auch beängstigend. Eine lange Fahrt bisher ohne eine Menschenseele zu sehen, ohne ein anderes Auto zu bemerken. Es ist furchtbar. *Wie kann das nur sein, das ist doch ober faul, würde Tommy sagen,* denkt Missy. *Tommy... verdammt ich will zu dir. Hilf mir bitte.*

Missy fährt weiter und die Bäume kommen näher. Es werden immer mehr Bäume und es kommt ihr vor wie im Wald. Es ist auch Wald. Schon wieder.

Verdammt, hier muss es doch eine Stadt geben, ein Dorf, oder zumindest einen Rasthof, denkt sie.

Sie sieht überall das Gleiche. Feld, Wiese, Hänge, Wald. Alles nacheinander, einmal größer, einmal kleiner. Egal wie weit sie fährt. Alles leer und ohne Leben. Kein Mensch weit und breit, genau wie auf der Autobahn kein einziges Auto unterwegs ist. Sie bekommt feuchte Hände. Missy bekommt richtig heftig Angst. Sie zittert, sie schwitzt. Es überkommt sie ein Schauer und Missy möchte am liebsten laut losschreien aus lauter Verzweiflung. Doch das würde ihr auch nicht helfen. Hilflosigkeit macht sich in ihr breit. Sie kann nichts tun, sie kann niemanden anrufen, sie kann mit niemanden sprechen. Niemanden anhalten und fragen, oder eine andere Richtung wählen. Denn es geht nur stur geradeaus. Und sie ist alleine. Ganz alleine. Das Einzige was sie machen kann ist weiterfahren, stehen bleiben oder alleine draußen im Dunkeln im Feld oder im Wald herumlaufen. Das ist aber auch nicht gerade eine tolle Vorstellung, also lässt sie es bleiben.

Vorerst.

Kapitel 4

Nach einer Ewigkeit, in der Missy zwangsweise einfach nur geradeaus gefahren ist, sieht sie in der Ferne etwas Großes, Schmales näher kommen.

Anfangs erschrickt sie leicht, die Dinger sehen aus wie bei Krieg der Welten. Doch beim näher kommen fällt es ihr wie Schuppen von den Augen. Ihr Herz macht einen kleinen Sprung vor Freude. Strommaste! Wie Riesen tauchen sie am Horizont auf und werden mit jedem Meter den Missy fährt, immer größer. Die spitz zulaufenden Arme halten eine Menge von Kabel, die von weitem wie dünne Fäden aussehen.

Wie Riesen, die irgendwo angebunden sind, denkt Missy. *Oder eben wie irgendwelche große Außerirdische, die uns killen und die Weltherrschaft an sich zerren möchten. Irgendwie unheimlich. Ich glaube, wir schauen zu viele Filme.*

Inzwischen ist es heller geworden. Das bedeutet zum einen, es wird Tag und sie ist die ganze Nacht durchgefahren.

Blödsinn, denkt sie, *ich bin doch kaum unterwegs, eventuell ein oder zwei Stunden.*

Zum anderen bedeuten die Maste, es muss irgendwo Leben sein. Normalerweise. Hier muss es Leben geben. Normalerweise.

„Über was ich so nachdenke…", murmelt sie kopfschüttelnd.

Sie kommt sich schon fast bescheuert vor. Das hört sich an, als ob sie die einzige lebende Person auf der Welt ist. So fühlt sie sich allerdings gerade in diesem Moment. Sie ist allein. Kein anderes Fahrzeug ist zu sehen. Nur sie, die Straße, die Bäume, die Begrenzungen… sonst nichts. Keine

Personen weit und breit. Sie fragt sich, wohin die Stromkabel führen. Missy versucht ihnen mit ihrem Blick zu folgen. Doch so wie sie aus der Ferne auftauchen verschwinden sie auch wieder und lassen nicht im Entferntesten erahnen, ob sie an eine Ortschaft grenzen oder auch nur in die Nähe von Zivilisation. Gerne würde Missy einfach von der Straße auf das Gelände abbiegen, zu den Masten fahren und deren Stromkabel verfolgen. Aber zum einen ist eine Leitplanke vorhanden, die den Weg versperrt, zum anderen ist die Umgebung nicht mit ihrem Auto befahrbar. Zuviel Unebenheiten und Bäume, Hügel und sicher auch genug Schlaglöcher. Keine Chance. Abgesehen davon sind die Maste sehr weit weg. So weit, dass Missy nicht wirklich die Entfernung abschätzen kann. Das ist ihr alles zu unsicher, sie würde nicht einmal zu Fuß gehen wollen, die Gefahr wäre zu groß bei dem Gelände zu stürzen und sich zu verletzen.

Hör auf darüber nachzudenken, ermahnt sie sich gedanklich. *Denn selbst wenn der Boden eben wäre und ich einen Jeep hätte, gibt es immer noch die Leitplanken und die Masten sind extrem weit weg.*

Missy wird von einem Geistesblitz getroffen. Ein Notfalltelefon. So wie es Leitplanken gibt, gibt es auch Markierungen, Notfallbuchten und: Notfalltelefone.

„Na klar. Das ist die Idee. Dass ich da nicht gleich darauf gekommen bin."

Aus der Dämmerung ist inzwischen wieder normales Tageslicht geworden. Richtig hell wie an einem sonnigen Tag ist es dennoch nicht. Der Himmel ist mit einer einzigen Wolkenfront bedeckt. Es wirkt düster, kalt und ungemütlich.

Doch immerhin, es ist hell. Im dunklen der Nacht wirkte alles noch unheimlicher als eh schon, denkt Missy.

Beim nächsten Notfalltelefon wird sie halten. Sie wird jemanden erreichen der ihr helfen kann. Und endlich nach Hause kommen.

Die am anderen Ende wissen ja dann schließlich, wo das Teil steht. Können jemanden schicken, um mich zu holen. Dann komme ich endlich wieder nach Hause.

Missy hat auf der bisherigen Fahrt keines gesehen. Durch den psychischen Stress in ihrem Kopf war sie allerdings und ist auch jetzt noch leicht benebelt, daher auch etwas unaufmerksam. Zudem hatte sie bisher auch nicht auf ein Notfalltelefon geachtet. Sie kann sich nicht einmal erinnern, ob sie auf dieser Autobahn überhaupt heute Fahrzeuge gesehen, geschweige *denn überholt hat.*

Peinlich, denkt sie. Das darf man echt niemanden erzählen.

Fest entschlossen ihren Plan umzusetzen, fährt sie, endlich mit etwas Hoffnung, weiter.

Nach kurzer Zeit bekommt sie bereits die ersten Zweifel. Missy hat etwas Hemmungen davor sich lächerlich zu machen, wenn sie den Notruf anklingelt und im Endeffekt vielleicht nur zehn Kilometer gefahren ist. Hat sie vielleicht einfach kein Zeitgefühl?

Ja, genau. Das wird es sein, denkt sie.

Doch wie erklärt es sich, dass es hell geworden ist und sie scheinbar eine Nacht im Auto hinter sich hat?

Nicht weiter darüber nachdenken, es ist wie es ist. Ich konzentriere mich auf das Hier und Jetzt. Und das ist mein Ziel, ein Notfalltelefon zu finden und es dazu zu benutzen, für was es da ist. Um Hilfe zu rufen. Allerdings muss ich hierzu einige Fakten sammeln.

Genau, Fakten sammeln. Missy möchte sich schließlich nicht blamieren. Das hat sie schon oft genug in ihrem Leben. Einmal beispielsweise stand sie mit ihrem Auto in einer Straße in der nächstgrößeren Stadt. Dort gibt es eine Hauptverkehrsstraße, auf der neben der Straßenbahn der Hauptverkehr entlangläuft. Direkt neben dieser großen Straße verläuft eine Parallelstraße, die gerne genutzt wird um den Hauptverkehr etwas zu vermeiden. Die beiden Straßen werden durch einen circa zwei Meter breiten Grünstreifen mit einigen Büschen und Bäumen getrennt. Auf dieser Parallelstraße ist sie mit ihrem Auto gestanden, wollte fahren, eingereiht hinter Autos, die an der roten Ampel standen. Als die Ampel grün wurde fuhr jedoch keines der Autos los. Missy hupte und fluchte wie verrückt. Es war heiß gewesen an diesem Tag, sie hatte die Fenster ihres Fords geöffnet und jeder der vorbeigelaufen ist konnte sie gut hören. Irgendwann standen ein Haufen Menschen auf dem Bürgersteig und lachten. Just in dem Moment, in dem Missy bemerkte, dass die ganzen Leute sie auslachten, bemerkte sie ebenfalls, dass sie nicht hinter einer Reihe Autos stand, die auf die grüne Ampel warteten. Sie stand hinter den parkenden Autos in dieser Straße und schimpfte somit völlig ohne Grund. Mit einem knallroten Kopf wollte Missy damals nichts anderes, als so schnell es nur irgendwie möglich war weg von diesem Ort. Sie gab natürlich zu viel Gas, spielte falsch mit der Kupplung und wie es das Unglück wollte, würgte sie das Auto auch noch ab. Das Gelächter wurde immer lauter und immer mehr Menschen sammelten sich, um das Unglück der jungen Dame in dem blauen Auto zu begaffen.

Und das ist nur eine peinliche Situation aus Missys Vergangenheit. Also, nimmt Missy sich mit einem Schauer auf dem Rücken bei dem Gedanken an die peinliche Geschichte vor, auf alles genauestens zu achten, bevor sie mit jemandem aus einem Notfalltelefon spricht. Sie wird die Zeit und die gefahrene Strecke so gut es geht im Auge behalten, genau auf ihre Umgebung achten um alles Auffällige benennen zu können und um möglicherweise aufkommende Fragen beantworten zu können.

„Also, Konzentration!", ruft sie um sich selbst zu motivieren, und fährt, sich zwei Zentimeter größer fühlend, weiter.

Der kommende Wald ist sehr dicht, sie sieht nur Bäume, nichts außer Bäume. Es kommt keine große Veränderung. Keine besonderen Auffälligkeiten, an denen jemand die Umgebung anhand der Beschreibung erkennen könnte. Die Straße geht weiter geradeaus, es sind nach wie vor keine anderen Autos zu sehen. Wenn sie doch falsch ist, dann sollte sie lieber vorsichtig sein, lieber nicht zu schnell fahren, und bremst etwas herunter. Es kommt ihr vor wie auf der Route 66 in den USA. Eine endlose Straße.

Was ist, wenn irgendwann der Tank leer ist? Lieber langsam fahren, denkt sie.

Es wäre sehr ungünstig wenn sie hier auch noch stehenbleiben würde, ohne Handy und ohne Aussicht auf andere Verkehrsteilnehmer, ohne eine Chance auf Hilfe. Bei dem bloßen Gedanken daran überkommt sie ein leichter Schauer und eine kurze Kälte fröstelt sie.

„Denk an was anderes, denk an was anderes…", sagt sie. Missy ist und bemüht, sich von ihrer Angst und den negativen Gedanken abzulenken.

Ich könnte mir wieder ein Häslein zulegen, wenn ich wieder heil zu Hause ankomme, und den Schock dieser Horrorfahrt erst einmal verarbeitet habe. Im Tierheim zwei Ortschaften weiter haben sie sehr oft welche…

denkt sie sich, als ihr wieder der Streit mit Tommy über Bunny und dem X-Box Kabel einfällt. *Okay. Vielleicht kein Hase. Aber ein Meerschweinchen, oder noch besser, eine Katze. Ja eine Katze wäre toll. Am liebsten ein kleines süßes Katzenbaby.*

Tommy hätte gerne einen Hund, das weiß sie. Missy möchte das jedoch nicht. Zum einen möchte sie kein Tier, das den ganzen Tag nur bellt und Krach macht. Sie sind schließlich in einer Mietwohnung, auch wenn in dem Drei-Parteienhaus fast nie jemand zu Hause ist. Aber es leben noch genug andere Leute in der Straße. Sie selbst hört oft genug die anderen Hunde bellen, die im Umkreis in einem der anderen Häuser leben. Und das kann schon ganz arg am Nervenkostüm zerren. Sie selbst möchte nicht, dass andere auch so über sie denken und sie verfluchen, weil der Hund nur am Bellen ist. Aber auch das ist ebenfalls ein Grund: sie gehen schließlich beide arbeiten. Das wäre also nicht verantwortungsvoll. Bei ihrem Cujo damals war es etwas anderes. Sie hatten ein eigenes Haus mit Garten und es war immer jemand da. Auch ihre Tante Heide hatte sich ab und an um den braven Hund liebevoll gekümmert, falls er zu einem der Familienausflüge nicht mitgenommen werden konnte. Eine Katze, oder besser zwei, kommen eher alleine klar, vor allem da sie im Erdgeschoss wohnen. Hier könnten die Mietzen jederzeit über die Terrasse nach draußen. Auch Kleintiere wie

Nager sind hier eher weniger ein Problem. Ach, das kann sie alleine eh nicht entscheiden. Die Angst in ihr hat sich etwas verringert. Es hat gut getan, über Tiere nachzudenken. Missy konzentriert sich wieder auf ihre Umgebung und startet die Umgebungsanalyse von Neuem.

Es ist ein Stückchen Feld auf linker Seite in Sicht, ein kleiner Wall auf der rechten, über den sie jedoch nicht schauen kann. Er geht circa 1 bis 2 Meter nach oben. Auf diesem sieht sie vereinzelt Sträucher. Der Boden sieht sehr kahl aus.

Es folgen nach einigen Kilometern beidseitig erneut vereinzelnd Bäume. Die linke Seite sieht ebenso trostlos aus wie die rechte. Auf die linke Seite könnte sie jedoch eh schlecht, wegen der Mittelleitplanke. Somit konzentriert sie sich nur auf die rechte Seite, die Gegend neben der Fahrbahn. Sollte etwas Auffälliges auf der linken Seite auftauchen, wird sie es bemerken. Sie hofft, durch das Konzentrieren auf die rechte Seite mehr Details zu entdecken und drosselt für diesen Zweck das Tempo.

Sie fährt aktuell circa 50 Km/h.

Es zeigen sich nun mehrere Bäume, welche langsam wieder zu einem Wald werden der jedoch erst am Horizont vor ihr zu sehen ist. Sie fährt auf den Wald zu, versucht dabei durch die vereinzelnden Bäume an der Seite einen Blick auf das zu erhaschen, was sich dahinter befindet.

Zwischen den Bäumen sieht sie ebene, trockene Flächen und weiter hinten ist erneut ein kleiner Berg, eher ein Hügel, zu sehen. Sie kann nicht darüber schauen, er scheint circa 2 Meter hoch zu sein, sofern sie das aus der Entfernung schätzen kann. Sollte es dort ein Dorf oder eine Stadt hinter diesem Hügel geben, müsste sie jetzt bald an eine Abfahrt kommen.

Sie fährt voller Anspannung, betet, krallt sich vor lauter Aufregung fest an ihr Lenkrad, aber es kommt... Nichts.

Keine Abfahrt.

Bitte! Das kann doch nicht sein. Das gibt es doch nicht. Was soll dieses Spiel. Ich komme mir vor in dem Film „Die Reise ins Labyrinth" mit David Bowie und Jennifer Connelly von 1986. Der Film ist super, aber in real möchte ich das nicht erleben. Bitte. Ich werde noch verrückt hier! Es stimmt doch irgendetwas nicht, denkt sie.

„Ich habe weder einen Bruder von dem ich wünsche das dieser von den Kobolden geholt wird, noch möchte ich aus sonst irgendeinem Grund durch ein Labyrinth, einen Irrgarten oder auf so einer verdammten, nicht endenden Autobahn den Rest meines Daseins verbringen, verdammt noch einmal!", ruft sie laut.

Nach einer kurzen Pause schreit sie den Rest: „Also wer auch immer dafür verantwortlich ist, bring mich sofort nach Hause!"

Doch nichts passiert.

Natürlich nicht.

Es folgen auf der Seite noch mehr Bäume, und wieder ein dichter Wald, wie sie es geahnt hat. Wie es scheint, handelt es sich dieses Mal um einen sehr großen Wald.

„Das war es erst einmal mit der Chance auf eine Stadt in der Nähe", sagte sie sich.

Und es stimmt, keine Stadt ist zu sehen.

Keine Häuser.

Keine Menschen.

Keine Autos.

Keine Abfahrt weit und breit.

Der Himmel verdunkelt sich etwas, Wolken ziehen auf.

Ich könnte prüfen, wie viele Kilometer ich fahre, überlegt sich Missy und nullt ihren Kilometerzähler.

Das ergibt doppelt Sinn. Nicht nur damit sie generell weiß, wie weit sie fährt, sondern auch, um im Falle von Fragen eines Mitarbeiters über das Notfalltelefon so viele Informationen wie möglich geben zu können, damit ihr bestmöglich geholfen werden kann. Sie fährt weiter.

Sie schaut bei drei, bei fünf und bei acht Kilometern auf die Anzeige. Als sie erneut den Blick auf den Zähler richtet, steht die Anzeige bei zwei.

„Das gibt es doch nicht! Die Anzeige ist doch eben noch bei acht Kilometer gewesen!", ruft sie empört, und schaut weiter abwechselnd auf die Straße und auf das Armaturenbrett ihres Autos.

Die Anzeige zeigt erst vier, danach sieben, dann neun Kilometer. Doch als sie wieder darauf schaut steht der Zähler auf drei.

„Was ist denn mit dem Kilometerzähler los, was soll die Scheiße!", ruft sie laut.

Auch das noch! denkt sie. *Jetzt ist auch noch die Anzeige des Kilometerzählers defekt, na super.*

Sie muss defekt sein, was soll es auch sonst sein. Anders kann sie es nicht erklären.

Was soll denn noch alles passieren. Was geht denn als nächstes kaputt, der Motor? Wundern würde es mich jedenfalls nichts. Das ist nicht mein Tag heute, denkt sie sich, hebt die Augenbrauen, schüttelt leicht den Kopf.

Missy überlegt sich, dass sie jedes Mal wenn die Anzeige wieder von vorne beginnt, mitzählen könnte. So wäre sie immerhin in der Lage, da es jedes Mal zehn Kilometer sind bis die Anzeige von vorne beginnt, sich ungefähr zusammen zu addieren, wie viele Kilometer sie in etwa gefahren ist. Das wird sicher lästig, doch eine andere Möglichkeit sieht sie nicht um in etwa die Fahrtstrecke zu ermitteln.

Nach dem fünften Mal schon ist sie mit ihren Gedanken so abgeschweift und durch das Absuchen der Umgebung abgelenkt, das sie nicht mehr weiß bei wie vielen Kilometern sie nun war und gibt auf. Auch der Versuch, die Umgebung bestmöglich zu checken, alles genau zu erfassen, um so viele Details wie möglich nennen zu können bleibt bisher ohne Erfolg, denn nichts was sie sieht ist in irgendeiner Weise außergewöhnlich oder so spezifisch, dass jemand anhand der Beschreibung wüsste wo sie sein kann. Obwohl sie nicht sehr schnell fährt kann sie nichts Nennenswertes entdecken. Sie lässt den Kilometerzähler ab sofort außer Acht, dass das Zählen nicht klappt hat sie schließlich soeben gemerkt. Nun bemüht sie sich noch mehr, alles was sie wahrnimmt mit den Augen zu scannen und nichts zu übersehen. Achtet auf jede Bewegung, auf jeden ungewöhnlichen Umriss, jeder sich nur im Detail vom Rest der Umgebung abweichende Farbe. Doch sie findet Nichts.

Kein Leben.

Keinen Hinweis auf andere Menschen.

Keinen Weg.

Ebenso wenig eine Abfahrt, andere Fahrzeuge oder die Dächer einer Stadt.

Was sieht sie?

Nur Wälder.

Felder.

Hügel.

Wiesen.

Diese verdammte, leere Autobahn vor sich.

„Das hat alles keinen Wert", murmelt sie traurig vor sich hin.

Ich kann eh nicht mehr abschätzen wie weit ich gefahren bin, bevor ich die Idee hatte auf die Kilometer zu schauen, denkt sie sich.

Sie hat allerdings das Gefühl, seit vielen Stunden unterwegs zu sein.

Jetzt fängt es auch noch an leicht zu regnen.

Auch das noch! Jetzt wird es beim Fahren richtig unangenehm. Ich fahre nicht gern im Regen.

Die Scheibenwischer quietschen permanent. Das sollte eigentlich nicht sein, es gibt hierzu keinen Anlass. Die Scheibenwischer sind nicht zu alt, aber auch nicht erst gestern montiert worden. An so einem merkwürdigen Tag wundert sich Missy jedoch nicht über solche Lappalien, auch wenn dies ein neuer Mangel an ihrem Auto ist. Das ist das Gute wenn wirklich alles schief läuft. Es wird schon fast normal und schont die Nerven, wenn noch so viele unangenehme Kleinigkeiten passieren. Man stumpft etwas ab.

Der Himmel ist grau. Es ist leicht neblig. Der Nieselregen tropft leise auf die Frontscheibe ihres Autos. Es ist wie ein nebliger, unangenehmer, verregneter Vormittag. Missy ist sehr verwirrt, zwar hat sie das Gefühl lange unterwegs gewesen zu sein, aber nicht so lange, dass bereits die Nacht vorbei sein, und der Tag angebrochen sein könnte. Nach gefühlten drei bis vier Stunden Fahrt, und dem Beginn ihrer Fahrt am frühen Abend kann es einfach noch nicht Vormittag sein. Doch alles sieht danach aus. Das ist zu viel für Missys Verstand.

Missys Hals wird sehr trocken, sie kann kaum Schlucken. Dazu bekommt sie starkes Herzpochen, ihre Hände werden feucht. Die Sinne sind kurzzeitig wie benebelt und sie bekommt einen Schweißausbruch. Missy erleidet eine kleine Panikattacke.

„Ganz ruhig", sagte Missy laut. „Tief durchatmen. Egal ob die Nacht nun vorbei ist oder nicht, ich muss Ruhe bewahren. Ich habe Angst, das ist normal. Aber die Panik geht gleich vorbei. "

Sie fährt an den Rand und tuckert mit circa 10 Km/h auf dem Seitenstreifen. Warum nur, ist ja niemand da, dem sie im Weg herumfahren könnte. Muss aus Reflex sein. Sie atmet mehrere Male tief ein und aus. Atmet bewusst aus bis keine Luft mehr in den Lungen ist, und bewusst wieder langsam und tief ein. Langsam klingt die Panikattacke ab und sie ist wieder in der Lage, ihre Umgebung zu inspizieren und Eindrücke aufzunehmen.

Sie fährt wieder schneller und wieder auf der korrekten Spur. Sie schaut wieder konzentriert in die Umgebung. Doch es hat sich nicht viel verändert. Sie sieht wieder nur wenige Bäume, und alles was weiter weg als circa zwanzig Meter ist, wird von dem Regen und dem Nebel verschleiert. Die Tropfen des Regens und die trübe Sicht vermitteln ihr ein ungemütliches Gefühl. Der Kilometerzähler steht aktuell auf sieben.

„Verdammtes Drecksteil!!", flucht Missy laut und schlägt wieder mit der Hand auf ihr Lenkrad. Sie bereut dies sofort.

„Au, scheiße! Wenn ich so weitermache, ist meine Hand bald ganz blau."

Es muss windig sein. Da Radio aus, und auch sonst kein Auto weit und breit zu hören ist, kann sich Missy auf die Geräusche in ihrem Umfeld konzentrieren. Sie fährt ein wenig langsamer und nimmt immer wieder kurzzeitig den Fuß vom Gaspedal, so dass der Geräuschpegel des Autos fast auf null sinkt. Dabei fällt ihr immer ausschließlich auf, wie der Wind um das Auto pfeift. Sonst hört sie nichts. Nur den Wind. Als ob er ein Lied singt, eine mystische und gleich angenehme Melodie. Mal wird sie lauter, mal leiser. Ab und an wackelt das Fahrzeug etwas, als würde der Wind versuchen mit dem Auto zu tanzen. Missy findet das sehr entspannend, und merkt nun eine leichte Müdigkeit aufkommen.

Natur ist etwas Feines. Wäre ich jetzt doch nur zu Hause. Dann könnte ich mich mit Tommy in eine Decke kuscheln und auf den Balkon gehen, um dort im Wind ein Glas Wein zu trinken, denkt sie sich.

Das machen die beiden sehr oft, wenn es windig ist.

Wie romantisch das immer ist. Ach Tommy, ich hoffe ich bin bald wieder zu Hause.

Ein Blick auf das Armaturenbrett verwundert Missy, denn die Uhr zeigt 21:09 Uhr.

Das stimmt doch nicht, das kann nicht stimmen, denkt sie. *Es ist doch definitiv Vormittag. Oder doch nicht? Vom geschätzten Zeitgefühl her könnte das mit der Uhrzeit hinkommen. Aber das Licht… es ist doch hell geworden. Wie soll es da am Abend sein? Ach was weiß ich.*

Nach einer ganzen Weile des Geradeausfahrens auf der Autobahn, sie schätzt es war ungefähr eine halbe Stunde, fällt ihr Blick auf den Kilometerzähler.

Vier.

Super.

Sie schaut wieder auf die Uhr.

21:09 Uhr.

Das gibt es doch nicht.

„Neeeein… echt jetzt? Die Uhr ist im Eimer? Warum geht genau jetzt, und heute, in dieser Situation einfach alles kaputt! Das glaube ich nicht, so viel Pech kann ein einzelner Mensch nicht haben."

Inzwischen ist der Nebel verschwunden. Doch dafür ist der Regen stärker geworden, so das Missys Sicht auf die Straße noch getrübter ist als vorher.

Missy fängt vor lauter Fassungslosigkeit über ihre verzwickte Lage und den vielen kleinen Gratiszugaben an Pech an, den Kopf zu schütteln und laut zu schnauben. Aus dem Schnauben wird ein Prusten und aus dem Prusten entwickelt sich ein leichtes Lachen. Sie kann nicht mehr, das Lachen wird immer heftiger. Sie lacht immer mehr und immer lauter. Missy hat bereits Tränen in den Augen, als ihre Lachattacke plötzlich in eine Heulattacke umschlägt und sie anfängt zu schluchzen. Sie weint. Ist traurig und total verängstigt, bis sie wieder zu lachen beginnt. So laut hat sie noch nie lachen müssen. Als sie bereits Bauchschmerzen bekommt, beruhigt sie sich wieder.

So, und nun werde ich auch noch verrückt. Ich bin reif für die Klapse! Na wunderbar, denkt sich Missy. *Ist ja nicht so, dass ich bereits in der Vergangenheit schon an meinem Verstand gezweifelt habe.*

Missy hatte eine ganze Zeit lang neben Rückenschmerzen noch ein Piepsen im Ohr und dadurch merkwürdige Geräusche gehört. Dazu kamen noch andere Symptome wie beispielsweise Herzrasen. Sie hat sich lange nicht zum Arzt getraut und als sie endlich ging, wurde sie nicht wirklich ernst genommen. Ihre Untersuchen haben immer nur ergeben, dass alles in Ordnung sei. Die Ärzte haben Missy irgendwann nur noch belächelt und nicht groß weiter untersucht. Als die Rückenschmerzen anfingen unerträglich zu werden, und sie von Facharzt zu Facharzt hetzte und außer Schmerztabletten nichts bekam, nicht einmal ein Rezept für Krankengymnastik oder

Massagen, hat sie wahrlich an ihrem Verstand gezweifelt.

„Wahrscheinlich bilde ich mir das alles ein", hatte sie zu ihrem Tommy gesagt, als sie eines Tages wieder weinend vom Arzt gekommen ist. „Ich bin davon überzeugt, dass die Ärzte das so sehen. Sie wollen es mir nicht direkt ins Gesicht sagen. Aber sie verhalten sich so. Sie nehmen mich nicht mehr ernst und wollen mir die unglaublichsten Medikamente verschreiben um mich ruhig zu stellen. Sogar in eine Psychoklinik wollten sie mich schicken."

Ganze drei Stunden hatte sie im Wartezimmer verbracht um mit der Aussage: „Alles in Ordnung" wieder einmal nur abgespeist zu werden. Das war es dann für sie mit Besuchen bei Fachärzten. Missy war inzwischen so verzweifelt, das sie zu keinem Arzt mehr gehen wollte, nie wieder. Eines Tages hat sie sich dann doch dazu durchgerungen und war bei einem neuen Doktor gewesen. Ein ganz normaler Hausarzt einen Ort weiter. Eigentlich war sie wegen einer Erkältung dort gewesen, erwähnte aber dass sie die Rückenschmerzen schon länger habe. Dieser hat letztendlich festgestellt, dass sie eine chronische Entzündung des Triggerpunktes in der Hüfte und auch im Schulterblatt hatte und sich durch den dauerhaften Schmerz psychosomatische Nebenwirkungen, wie beispielsweise das Piepsen im Ohr bemerkbar gemacht haben. Mit der korrekten Behandlung bei der Physiotherapie konnte Missy dann endlich nach so langer Zeit geholfen werden.

Der Gedanke an die schlimme Zeit vor ein paar Jahren treibt der bereits eh schon verzweifelten Missy erneut Tränen in die Augen. All das Leid, die vielen Gänge zu den Ärzten, das Verspotten derer und ihrer Arbeitskollegen, die ihr unterstellten sie würde nur simulieren. Das war eine furchtbare Zeit für sie gewesen.

Eine der Kolleginnen hatte auf Grund der damaligen Situation begonnen, Missy zu mobben. Aber auch diese Hürde hat Missy gemeistert, wenn auch erst nach gut einem Jahr. Sie hat lange dafür gebraucht den Mut aufzubringen, sich der Betriebsrätin anzuvertrauen. Da sich zu dem Zeitpunkt noch mehr Kolleginnen aus dem Krankenhaus bei der Betriebsrätin gemeldet hatten um sich über diese eine Person zu beschweren, führte es letztendlich dazu, dass sie irgendwann nicht mehr gesehen wurde. Ob sie gekündigt wurde oder freiwillig ging, das weiß Missy bis heute nicht und es ist ihr auch egal. Sie war damals 24, als sich langsam alles wieder zum Guten wandte. Das war vor 2 Jahren.

Auch Tommy hat ihr damals zur Seite gestanden und sie unterstützt wo er nur konnte. Sie getröstet, wenn sie von der Arbeit kam und wieder Gemeinheiten ihrer Kollegin ertragen musste. Sie in den Arm genommen, wenn der Arztbesuch wieder einmal ohne Erfolg war.

Tommy, ihr guter Tommy.

Missy kullern nun dicke Tränen über ihre Wangen.

Ihr Gefühl beschreibt nun die Sehnsucht und den Schmerz den sie empfindet, der Schmerz der auf Grund ihrer Dummheit entstanden ist, die Dummheit, einfach abzuhauen wie ein kleines unreifes Mädchen.

Kapitel 5

Die durch Angst verwirrte und verweinte Missy fährt weiter alleine auf der verlassenen Autobahn, die lediglich geradeaus führt. Sie ist inzwischen richtig müde. Klar, sie ist schließlich eine ganze Nacht lang gefahren. Oder doch nicht? Ist sie nun wirklich die Nacht durchgefahren? Sie ist nach wie vor am zweifeln. Möglicherweise kommt die Müdigkeit von der nervlichen Anspannung. Schließlich ermüdet so etwas auch massiv. Das hat sie erst vor kurzem in einem Seminar, an welchem sie durch ihren Arbeitsplatz teilnehmen konnte, gelernt. Eine extreme nervliche Belastung und Anspannung kann ebenso anstrengend sein, wie zu viel Sport. Sogar noch heftiger, da Sport den Geist befreit. Anspannung ermüdet den Geist.

Es taucht einfach keine Abfahrt auf. Nicht nach weiteren 10 Minuten, nicht nach weiteren 30 Minuten.

Gefühlt, natürlich. Die Uhr ist schließlich defekt.

Die Tanknadel ist zwar insgesamt ein gutes Stück nach unten gerutscht, bewegte sich aber schon eine Weile nicht mehr. Bestimmt ist die Anzeige ebenso defekt, wie alles andere. Der Kilometerzähler funktioniert nicht, ebenso wenig die Uhr, wie sich herausgestellt hat. Ein erneuter Versuch das Radio anzuschalten endet wieder mit dem Abschalten, da nur Rauschen zu hören ist. Die Scheibenwischer quietschen nach wie vor... Plötzlich macht es einen lauten Schlag und zeitgleich macht das Auto einen kleinen Sprung nach vorne. Missy tritt die Bremse durch, die Augen weit aufgerissen. Unbewusst hat sie kurz die Luft angehalten, was sich gleich an ihrem Kreislauf bemerkbar macht. Glücklicherweise hat sie aus Reflex auch die Kupplung getreten, so dass ihr Auto nur stehen bleibt, aber nicht ausgeht.

Sie krallt sich vor Schreck in das Lenkrad und fängt an zu schreien: „Scheiße, scheiße, scheiße, was soll der Müll?"

Sie schaut in den Rückspiegel und sieht gerade so, die Sicht durch den leichten Regen etwas getrübt, noch etwas kleines, rundes Etwas auf der Straße liegen. Missy ist mit ihrem Ford über einen Stein gefahren. Allerdings ist sie von dem Ruckler so erschrocken, dass sie kurz Herzrasen bekam. Sie krallt sich in ihr Lenkrad, erträgt den leichten Schweißausbruch und die kleine Hitzewelle die als Antwort auf den Schreck durch ihren Körper strömt, und fängt an zu weinen.

„Ganz ruhig...", sagt sie sich. „Achte auf dein Umfeld. Beruhige dich. Schau ganz genau was du siehst, beschreibe was du siehst", murmelt sie vor sich hin und um sich zu beruhigen, sagt sie sich in Gedanken alles noch ein paar Mal vor.

„Das war nur ein Stein. Nur ein Stein, mehr nicht. Es ist nichts passiert. Das Auto fährt, mir geht es gut. Nur ein Stein. Tief atmen."

Sie atmet mehrere Male tief ein und aus. Dann legt sie den Gang ein und fährt wieder los, noch leicht zitternd von dem Schreck.

Ganz ruhig Missy. Alles wird gut. Beruhige dich. Gaaanz ruhig. Beruhige dich.

Sie achtet sehr aufmerksam auf alles was sie sieht. Und diesmal nicht nur um sich abzulenken, sondern wieder, um herauszufinden, wo sie sich befinden könnte. Inzwischen hat es aufgehört zu regnen. Es nieselt nur noch ganz leicht, vermutlich wird es in Kürze ganz aufhören. Zumindest ist es um einiges heller geworden, so das Missy viel bessere Sicht hat. Sie beginnt laut aufzuzählen, was sie sieht.

„Rechts ist die Leitplanke. Alle 1,5 Meter ist diese mit einem Träger verbunden, der in den Boden geht. Einer der Träger ist eingebogen. Da muss wohl mal ein Unfall gewesen sein. Und die restliche Umgebung: unverändert. Nebelig, es nieselt. Mal kommt seitlich ein Stück Wald, mal eine Wiese. Aber nirgends ist ein Dorf zu sehen, eine Abfahrt oder sonst irgendetwas. Es ist nach wie vor kein anderes Auto zu sehen. Nicht auf meiner Spur, auch nicht auf der Gegenfahrbahn."

Diese Achtbarkeitsübung lässt sie mittlerweile ruhiger atmen, unwohl fühlt sie sich dennoch bei der Benennung der Umgebung. Sonderlich viel Hoffnung auf eine Besserung ihrer aktuellen Lage macht ihr das was sie sieht nicht.

Da fährt Missy auf etwas sehr Großes zu und denkt, sie sieht nicht richtig.

Schon wieder eine Brücke. Normalerweise wäre das nicht ungewöhnlich. Auf Autobahnen sind im Normalfall viele Brücken zu sehen. Sehr viele. Hier jedoch nicht. Da ist es eher ungewöhnlich eine Brücke zu sehen, zumal diese genauso aussieht wie die Brücke zuvor.

Das ist doch genau die gleiche Brücke wie vorhin schon einmal. Das ist die identische Brücke, denkt sie. *Oder doch nicht?*

Zumindest könnte sie schwören dass diese genauso aussieht.

Sie geht etwas vom Gas, ihre Geschwindigkeit reduziert sich und sie schaut sich die Brücke so gut es geht zwischen den quietschenden Scheibenwischern, die nur noch selten wischen, an.

Aber das kann nicht sein, sicher sehen sich die Fußgängerbrücken einfach nur ähnlich. Nein, das kann nicht sein. Das muss eine andere Brücke sein, denkt sie sich. *Wie soll ich auch einen Unterschied sehen, die letzte Brücke habe ich gesehen, als es dunkel war. Was weiß ich wie ich jetzt auf den Gedanken komme, die Brücken wären identisch. Spinnerei. Komisches Gefühl im Bauch, komische Gedanken. Mehr nicht. Aber ist ja auch kein Wunder in meiner Lage.*

Sie inspiziert das sich nähernde Objekt genau. Es ist nicht mehr und nicht weniger als eine Brücke. Sie kann keine spezifischen Details erkennen.

„Wie komme ich überhaupt dazu unter diesen Umständen anzunehmen, es sei die gleiche Brücke. Brücken sehen sich nun einmal ähnlich. Ich mache ein Fass auf, wo keines zu öffnen ist. Jetzt ist aber auch mal wieder gut, Missy!" sagt sie sich tadelnd.

Missy zweifelt langsam doch an ihrem Verstand.

Ich bin einfach zu müde, um klar denken zu können, denkt sie sich.

Durch die nasse Straße muss sie noch etwas langsamer fahren. Mittlerweile hat sich die Tanknadel wieder etwas verändert. Sie befindet sich jetzt circa in der Mitte der Anzeige. Missy möchte sich gar nicht ausmalen wie es weitergeht, wenn der Tank leer ist und versucht daher die Tatsache gekonnt zu ignorieren, dass die Tanknadel wohl eines der wenigen Dinge an dem Armaturenbrett ist, das nicht defekt ist.

Das ist ihr noch nie passiert. Das kann nicht sein, dass kann einfach alles nicht sein. Die Brücke hat sie, ohne etwas Auffälliges zu entdecken, hinter sich gelassen, allerdings ohne mehr Gas zu geben. Sie sieht hinter der Brücke wieder ein Stück Wald auf sie zukommen. Auf ihrer aktuellen Höhe ist ein weites Feld, auf dem, wie es aussieht, Weizen angebaut ist. Die Sicht ist gut, denn es regnet nun gar nicht mehr. Die Sonne sieht sie nicht, dennoch ist es hell. Leichter Nebel hängt über dem Boden, sowohl auf der Straße, als auch an den Seiten.

Wie gespenstisch das doch aussieht, so nass und neblig... denkt sie. *Ob ich doch mal halten, und auf die Brücke gehen sollte? Schließlich führt über jede Brücke ein Weg. Ob ich diesem folgen sollte? Gesehen habe ich keinen, aber da muss doch einer sein. Ich habe inzwischen Durst. Und Hunger. Und ich muss mal ganz dringend für kleine Mädchen. Was soll denn schon passieren, schlimmstenfalls sehe ich nichts, bestenfalls finde ich so endlich Hilfe. Es hat aufgehört zu nieseln, immerhin. Also, scheiß drauf.*
Gedacht, getan.

Missy bremst, legt den Rückwärtsgang ein und fährt, nachdem sie die Straße in allen vorhandenen Spiegeln gecheckt hat, rückwärts, wieder unter der Brücke durch. Wenige Meter vor der Brücke legt sie den ersten Gang ein, fährt nach rechts. Sie parkt ihr Auto kurz vor der Fußgängerbrücke auf dem Seitenstreifen.

Sie schaltet den Motor aus und zieht den Schlüssel aus dem Zündschloss.

Kurz verharrt sie noch im Auto und schließt ihre Augen.

Sie lauscht.

Nichts.

Keine Geräusche von Autos.

Kein Hupen von erbosten Menschen.

Keine Menschen die nach ihr rufen.

Missy zittert ein wenig. Möglicherweise ist das Unterzucker.

Sollte ich wirklich schon mindestens eine Nacht unterwegs sein, ist es kein Wunder, dass ich zittere, denkt sie und öffnet die Augen.

Sie schaut auf die Brücke direkt vor ihr, schaut sicherheitshalber in alle Richtungen. Nicht, dass doch ein Auto angefahren kommt. Sie sieht nichts und niemand und öffnet die Fahrertür. Leicht windige, kühle Luft kommt ihr entgegen. Einerseits tut ihr das gut, andererseits fröstelt es sie ein wenig. Sie schließt den Reisverschluss ihrer Jacke bis zum letzten Stück.

Sie klettert über die Leitplanke und geht ganz nah an die Brücke heran. An dem Beton kann sie nicht hochklettern und um die Fußgängerbrücke sind hohe Büsche und Sträucher. Sie läuft um den Fuß der Brücke herum soweit es das Gestrüpp zulässt.

„Sind an solchen Brücken nicht normalerweise auch Treppen? Hier ist keine Treppe. Ach, was weiß ich. Möglicherweise sind das nur spezielle

Brücken die Treppen haben.", sagt Missy zu sich selbst.

Auf dem Beton ist ein Graffiti Bild aufgesprüht worden. Undefinierbare Zeichen, nichts zu lesen. Immerhin ein Zeichen, dass hier mal jemand war. Der Boden neigt sich zu einem Hügel nach oben und umschließt die Brücke. Missy denkt sich, dass ihr wohl nichts anderes übrig bleiben wird, als sich durch das Gestrüpp den Hügel hinauf zu kämpfen.

„Also los", sagt sie und stapft den Hügel hoch.

Sie schiebt so gut es geht mit ihren Ärmeln die Büsche und Sträucher auf die Seite. Bei denen die zu hoch sind, neigt sie ihren Kopf nach unten um ihr Gesicht zu schützen. Ihre Arme hält sie dabei noch so gut es geht vor sich.

„Au, scheiße", ruft sie laut. „Ich habe mich an etwas gestochen."

Einer der Sträucher ist voll mit Stacheln und leichte Kratzer zieren nun die Hände der klettenden Missy. Doch aufgeben ist nicht. Von so ein paar Picksern lässt sie sich nicht entmutigen.

Nach ein paar anstrengenden Schritten nach oben kommt sie endlich an. Mit verkratzten Händen versehen steht sie nun oben am Ende, oder auch Anfang der Brücke, was auch immer hier nun passt. Durch den Aufstieg ist sie leicht außer Atem gekommen. Es ist wirklich ein Weg zu sehen, der über die Brücke führt und auf dem

Hügel, umringt von Sträuchern, in das Feld hinein führt.

Kein Wunder konnte ich den Weg von unten nicht sehen, bei dem hohen Gestrüpp. Doch bevor ich auch nur einen Meter mache, muss ich jetzt endlich pinkeln.

Missy schaut in alle Richtungen, ob auch niemand schauen könnte.

Wie idiotisch, denkt sie sich. *Ich wäre DANKBAR, würde mich jemand beim pinkeln erwischen. Hauptsache es käme jemand.*

Sie schiebt ihre Jacke nach oben, öffnet ihre Hose. Schiebt sich die Hose mitsamt Unterhose von ihrem Hintern. Spreizt die Beine, setzt sich an den Rand der Brücke direkt neben das Gebüsch, geht in die Hocke, und lässt es nach nur 2 Sekunden der Überwindung laufen. Der warme Urin läuft wie ein kleiner gelber Wasserfall auf den leicht sandigen, trockenen Boden und schlängelt sich wie eine Ringelnatter einen Weg in das Gebüsch.

Er stinkt.

Klar, ich habe auch nicht gerade viel getrunken, da ist das normal, denkt sich Missy.

Als sie fertig uriniert hat schüttelt sie sich ein wenig untenherum, aber vorsichtig, um ihre Kleidung nicht zu beschmutzen und zieht sich beide Hosen in einem Zug wieder nach oben. Sie schließt die enge Jeans, stopft ihr Shirt in diese und krempelt ihre Jacke wieder über die Hose.

Fertig.

Gott sei Dank.

Eine Sorge weniger.

Sie geht den Weg von der Brücke aus in Richtung des Feldes entlang. Irgendwo muss der Weg schließlich hinführen.

Er wird in eine Stadt oder zumindest in ein Dorf führen. Und selbst wenn nur ein Bauernhof kommt, so kann ich zumindest telefonieren, denkt sie sich und läuft den Weg die Brücke hinunter und auf das Feld. *Habe ich überhaupt Tommys Nummer im Kopf? Ach und wenn schon, ich rufe einfach die Polizei. Schließlich bezahle ich auch genug Steuern, sollen die Herrschaften ruhig was dafür tun.*

Nach einigen Minuten laufen kreist ein Vogel um sie herum.

„Hallo, na du? Du bist das erste Lebewesen das ich seit Stunden sehe", sagt sie laut, als noch ein Vogel angeflogen kommt. „Ihr Glücklichen", sagt sie traurig vor sich hin. „Ihr seid bestimmt froh, dass ihr einander habt. Ich wäre auch gerne mit meinem Tommy zusammen."

Die schönen Vögel. Das müssten Krähen sein, denkt sich Missy. *Ob sie ein Zeichen dafür sind, dass ich bald auf Menschen treffe?*

Natürlich fällt ihr wie mit einem Schlag ein ganzer Haufen Horrorfilme ein, in denen Krähen vorgekommen sind und verbindet diese nicht mehr nur mit Menschen, sondern mit toten Menschen. Sind Krähen nicht Boten des Todes? Haben sie nicht die Vorahnung, dass jemand bald stirbt? Oder tauchen auf, wenn jemand gestorben ist?

Scheiße, Missy. Du bist und bleibst ein phantasievoller Schwarzmaler. Gewöhn dir endlich an positiv zu denken. Das sagt Tommy auch immer. Krähen bedeuten Positives. Sie sind schlau und nicht alles mit Krähen ist schlecht, auch nicht alle Filme mit Krähen sind Horrorfilme.

Sie sieht weit und breit niemanden.

Keine Menschen.

Auch keine Toten.

Und ebenso weder Gebäude noch Autos.

Keine Fahrradfahrer.

Keine Jogger.

Komisch, denkt sie. *Das wirklich nirgends jemand zu sehen ist.*

Es scheint inzwischen Mittag zu sein. Hinter den Wolken sieht sie ganz selten die Sonne. Immerhin, das erste Mal seit sie unterwegs ist. Und auch wenn es kalt ist sind bei solch einem Wetter immer sportbegeisterte Leute auf den Feldern unterwegs. Sobald die Sonne zu sehen ist, kommen die Menschen normalerweise aus ihren Löchern gekrochen.

Mit jedem Schritt den Missy weitergeht, kommen mehr Krähen angeflogen.

Langsam wird es mir ein wenig mulmig, es ist etwas unheimlich, denkt sie.

Nach einigen Minuten, in denen sie leicht zögernd weiter gelaufen ist, hat sich der ganze

Himmel mit weiteren Vögeln gefüllt. Auch auf dem Boden haben sich schon mehr als die gewöhnliche Gruppe, die Missy bisher in der Natur gesehen hat, niedergelassen. Sie verlangsamt ihre Schritte, da mit jedem weiteren neue Vögel angeflogen kommen.

Alle Krähen schauen Missy grimmig und fordernd an.

„Scheiße!", ruft Missy und bleibt abrupt stehen. „Der Weg. Wo ist der Weg? Er ist weg. Er verläuft sich auf dem Feld, das auch nicht zu enden scheint. Es geht einfach nicht weiter, das kann doch nicht wahr sein. Und die vielen Krähen, als ob sie mir den Weg versperren wollen. He ihr. Was wollt ihr denn von mir?"

Eine Antwort bleibt selbstverständlich aus.

Als sie sich umschaut und sieht, dass die Krähen sie all, ohne Ausnahme, anstarren, bekommt sie Panik. Missy geht sehr langsam und vorsichtig einige Schritte rückwärts. Die Vögel kommen daraufhin ziemlich langsam auf sie zu gehüft oder geflogen, um den vorhandenen Abstand zu dem Mädchen nicht vergrößern zu lassen.

„Fühlt ihr euch bedroht? Ich mache euch nichts. Wirklich. Seht her, ich gehe wieder, okay?"

Missy dreht sich um und läuft wieder zurück. Diesmal sind ihre Schritte ein wenig zügiger. Als sie sich nach wenigen Metern umdreht sieht sie mit Schrecken, dass die Krähen ihr nach wie vor folgen.

Missy rennt los.

Sie hört die Vögel um sich herum die Flügel schlagen und anfangen zu kreischen und schreit selbst laut los, hält sich während sie rennt schützend die Arme über den Kopf.

„Hilfe, zu Hilfe, lasst mich doch in Ruhe!", schreit sie laut und fuchtelt dabei mit ihren Armen in der Luft herum, in der Hoffnung die Krähen damit von sich fern zu halten.

Sie rennt so schnell sie kann.

Der Weg ist zwar verschwunden, doch falsch ist sie nicht. Sie ist ebenso geradeaus gerannt wie sie in Richtung des Feldes gelaufen war. Weit war es glücklicherweise nicht und das Gebüsch ist zu sehen.

Atemlos erreicht sie die Autobahn und so komisch es ist, auch die Brücke ist nicht mehr zu sehen. Vor ihr ist eine Wand aus meterhohem Gebüsch aufgetaucht. Sie kämpft sich durch ein Stück des Gebüsches, was relativ einfach geht, steht direkt an der Leitplanke und sieht ihren Ford direkt vor ihrer Nase. Nur wenige Meter trennen Missy von der Leitplanke, und somit ihrem sicheren Wagen.

Missy hört hinten die Krähen schreien, rennt los.

Sie erreicht die Leitplanke.

Greift die Leitplane mit ihren Händen.

Springt seitlich mit beiden Beinen darüber, löst die Hände und rennt weiter.

Erreicht ihr Auto, holt mit zittrigen Händen ihren Schlüssel aus der Hosentasche, welcher durch ihr aufgeregtes Zittern auf den Boden fällt.

Sie riskiert einen kurzen Blick auf den Busch, aus dem sie eben noch geklettert ist. Sie sieht nichts.

Da. Der Busch raschelt.

Das werden die Krähen sein.

Missy reist die Augen auf. Krabbelt so gut sie kann, bebend vor Angst, unter ihr Auto.

Sieht den Schlüssel.

Greift danach. Nur noch wenige Millimeter.

Packt zu um den Schlüssel aufzuheben.

Als sie hoch kommt dreht sie sich um und schaut in die Richtung zu dem Feld. Sie sieht:

Nichts.

Kein einziger Vogel ist mehr zu sehen.

„Was…."

Missy schließt, total fertig mit den Nerven, ihr Auto auf und öffnet die Tür. Sie steigt ein und atmet erst einmal so gut es geht tief durch. Nach einem kurzen Moment startet sie den Motor und fährt los. Lieber fährt sie auf der einsamen Autobahn, als von irgendwelchen gestörten oder kranken Krähen die Augen ausgehakt zu bekommen. Aus Gewohnheit schaut sie in den Außenspiegel, dreht ihren Kopf und schaut noch einmal in den Rückspiegel, blinkt unnötigerweise und befährt die rechte Spur der Autobahn. Missy beschleunigt. Nach ein paar Metern schaut sie nochmals in den Rückspiegel, und sieht die Brücke.

„Nein. Nein. Nein. Dazu sage ich jetzt nichts!", sagt sie laut, bestimmend, den Kopf ungläubig hin und her bewegend.

Kapitel 6

Missy fährt auf der durch die Sonne beleuchten Straße. Wie schön es aussieht, denkt sie sich. Seitlich sieht sie einen kleinen, höchstens 1 Meter hohen Hügel. Einige Grasbüschel sowie vereinzelnde Sträucher verzieren ihn. Ab und an steht ein Baum auf oder hinter dem Hügel. Die von der Sonne bestrahlten Pflanzen sehen klasse aus. Die Bäume dahinter sind nur ab der Mitte zu sehen, da sie durch ihre Position im Auto nicht über den Hügel schauen kann. Als die Erhöhung abflacht und nur noch wenige Zentimeter hoch ist, sieht sie Wiesen und Felder. Doch nirgends eine Menschenseele.

Die Sonne scheint immer weniger auf die Straße, immer mehr Wolken verzieren den Himmel. Es wird von Minute zu Minute düsterer, kalt und grau. Wie vorhin. Tageslicht, jedoch ohne Sonne.

Schade, denkt sie.

Missy denkt darüber nach, wie sie in so eine Situation gelangen konnte.

„Alles nur wegen der beschissenen Urlaubsplanung", sagt sie. „Wie gerne wäre ich jetzt am Meer, an so einem Traumstand wie man es nur aus der Zeitung kennt."

Einen Urlaub, vergleichbar mit den Malediven oder Mauritius kann sich Missy mit ihrem Gehalt nicht leisten. Viel Erspartes hat sie nicht und das was sie jemals hatte ist immer für irgendetwas benötigt worden. Als Beispiel die Anzahlung für ihren Ford. Und eben für die Urlaube, die sie bisher gemacht haben.

Es waren nicht immer Reisen, bei denen sie weggeflogen sind. Es hat auch Urlaube gegeben, in denen die beiden zu Hause geblieben sind, dafür jedoch viel unternommen haben. Auch Essen gehen, Kinobesuche, Vergnügungsparks und Riesenschwimmbäder kosten ihren Eintritt, und das nicht zu knapp. Für Zoo oder Wild- und Wanderparks zahlt Missy gerne ein hohes Eintrittsgeld, denn sie weiß, dass sie damit für die Tiere den Unterhalt und das Futter sichert. Aber alles andere ist, wenn auch teilweise verständlich bei den Erhaltungskosten, wahnsinnig teuer und meist auch überteuert.

Irgendwann jedoch, dass haben die beiden sich fest vorgenommen, würden sie eine solche Traumreise buchen. Sobald das Auto abbezahlt ist, möchte Missy in eine spezielle Urlaubskasse sparen, die nur für diesen Zweck angelegt wird. So können sie in absehbarer Zeit, vielleicht sogar schon in 5 Jahren, Missys Traumurlaub machen.

„Mauritius wäre beispielsweise mega! Oder doch Thailand? Vielleicht aber doch gleich die Malediven", hat sie zu ihrem Freund gesagt, als sie sich darüber unterhalten hatten. „Wenn, dann richtig."

Missy hatte schon Bilder von einer ihrer Arbeitskolleginnen gezeigt bekommen, die auf den Malediven ihre Flitterwochen verbracht hatte. Weiße Strände, blauer Himmel, türkisfarbenes Wasser. *Und alles genau wie im Fernsehen*, hatte die Kollegin immer wieder geschwärmt.

Über das Ziel waren sich Tommy und Missy noch nicht einig, aber das es dieses Mal kein Partyurlaub werden würde, das ist Tommy klar geworden.

„Es ist zwar nicht so mein Ding, eine Insel auf der man fast nichts machen kann außer pennen", sagte er zu ihr, „aber wenn du das so sehr möchtest, dann schaue ich mir das gerne mal an und mache es mit. Du sollt schließlich deinen Traum erfüllt bekommen."

Missy war nach dieser Aussage vor einem halben Jahr, als sie gemütlich nach einem Straßenfest nach Hause gekommen waren und es sich noch mit einem Glas Wein auf den Balkon, in eine dünne Decke zusammengekuschelt auf ihrer Bank gemütlich gemacht haben, super happy gewesen.

„Da ist ja nicht nichts", hat sie geantwortet. „Allein in der Hotelanlage ist immer Programm. Und im Landesinneren ist sicher viel zu sehen. Außer natürlich auf den Malediven. Da gibt es nicht so viel Land. Aber da würden wir auch keine 3 Wochen bleiben."

„Selbst wenn nicht", sagte er, „ich habe es dir versprochen mein Engel, also machen wir das. Vielleicht bekommen wir spontan Last Minute ein Schnäppchen wenn es von der Zeit und unserem Urlaub passt, und können uns dann noch jeder eine Massage oder einen Cocktail zusätzlich leisten", antwortete er und beide brachen in schallendes Gelächter aus, so dass in der Ferne ein Hund zu bellen anfing.

„Doofer Köter, der weiß doch gar nicht um was es geht.", sagte sie lachend.

Ihr beider Lachen wurde noch lauter und die ersten Lichter in den Fenstern der umliegenden Häuser gingen an.

Hoffentlich hat er das auch ernst gemeint, dachte sie damals, bereits am nächsten Tag nach dem Gespräch auf dem Balkon.

Doch Tommy hatte es ihr fest zugesagt. Dies bestätigte er ihr auch nochmals, als sie ihn einige Tage nach dem Abend nochmals darauf angesprochen hatte. Es hat ihr keine Ruhe gelassen, und sie wollte auf Nummer sicher gehen, bevor sie sich falschen Illusionen hingab und sich auf etwas freute, was nie eintreffen würde.

„100 Pro machen wir das, fest versprochen!", hat er ihr lächelnd zugeflüstert und sie innig umarmt.

Ein Hauch Schuldgefühle kommt in Missy hoch.

So ein lieber Mann und ich gönne ihm nicht seinen Ibiza Urlaub. Nein, ich unterstelle ihm sogar noch, dass er nie etwas machen möchte, was ich mir wünsche. Ich bin so dumm, denkt sie. *Er ist bereit, tausende von Euro auszugeben für einen Urlaub meiner Wahl. Nur weil das eben nicht sofort geht, heißt das ja aber nicht, dass er sich nicht nach meinen Wünschen richtet.*

Missy sackt noch etwas mehr in sich zusammen, sofern dies in ihrer aktuellen Lage noch möglich ist.

„Es tut mir so leid, Tommy! So furchtbar leid! Ich bin eine Idiotin!", schreit sie so laut sie kann.

Als ob er sie hören könnte.

Kann er?

Natürlich nicht.

Sie weint.

Nach einer gefühlten weiteren Stunde steigert sich ihre inzwischen nicht mehr wegzudenkende Angst ins Unermessliche. Mittlerweile ist sie verschwitzt, doch nicht vor Wärme. Nicht klitschnass, doch merkbar. Das Shirt klebt etwas an ihrem Rücken.

Vor kurzem hat sie erneut eine Brücke gesehen, sich jedoch keine weiteren Gedanken darüber gemacht ob es ein Weg auf dieser gibt, oder ob es die gleiche wie vorhin war. Sie ist einfach unter ihr durchgefahren.

Ist ein Zufall gewesen. Brücken gibt es viele. Sehr viele. Außerdem werde ich sicher keine merkwürdige Geisterbrücke mehr hochklettern, hinter der möglicherweise wieder irgendwelche Psychokrähen auf mich warten. No way. denkt sie sich.

Lediglich die verkratzen Hände sind für Missy ein Beweis, dass sich das Erlebte wirklich ereignet hat. Sie merkt, dass es langsam dämmert. Wird es etwa schon wieder Abend?

Ich bin immer noch zittrig. Ich habe Hunger. Und ich habe vor lauter Angst nicht bemerkt, dass ich schon wieder pinkeln muss. Ist mit Sicherheit die Angst. Ich muss oft, wenn ich Angst habe oder unter Strom stehe.

Der Druck auf ihrer Blase steigert sich ins Unerträgliche.

Kurz ist sie daran darüber nach zu denken, ob sie nicht im Kreis fährt. Das kann nicht sein. Sie hat das Lenkrad gerade in den Händen. Sie musste bisher nicht lenken.

Sie schaut, ob etwas anders ist. Sie schaut sich alles genau an, doch es fällt ihr nichts Außergewöhnliches auf. Sie sieht beispielsweise, dass in der Mitte der beiden Fahrbahnen ebenfalls eine Leitplanke ist. Das war vorher, denkt sie zumindest, nicht so. Oder doch? Sie weiß es nicht, schließlich hat sie bisher keine Acht darauf gehabt. Oder doch? Klar. Als sie den Blick auf die Strommaste gelenkt hatte. Sie hatte sich überlegt, ob sie querfeldein auf diese zufahren könnte um ihren Kabeln zu folgen.

Als der Druck der Blase fast unerträglich ist, nimmt Missy ihren Mut zusammen, entscheidet sich rechts ran zufahren. Sie parkt seitlich auf dem Seitenstreifen, als sie etwas auf sich zukommen sieht. Sie kneift die Augen leicht zusammen und erkennt: eine Pannenbucht.

„Perfekt", ruft sie und befährt die Nothaltemöglichkeit. „Wie bestellt. Außergewöhnlich. Das verwirrt mich etwas. Die erste Veränderung seit ich auf die Autobahn aufgefahren bin. Ob sich jetzt alles endlich zum Guten wendet?"

Nach einigen Sekunden tief durchatmen dreht Missy den Schlüssel um und stoppt den Motor. Sie schaut sich, noch sitzend und daher aus dem Auto aus, die Umgebung an. Nichts Lebendes zu sehen. Sie schnallt sich ab, öffnet die Tür und steigt langsam aus. Bleibt stehen, schaut sich um. Schaut in den Himmel, es dämmert. Sie checkt diesen in alle Richtungen. Kein Vogel in Sicht.

Missy klettert über die Leitplanke. Sie schaut sich noch einmal um ob jemand kommt.

„Wie idiotisch, als ob gerade jetzt jemand kommen würde. Was, wenn es so wäre, immer noch ein Segen ist."

Sie klettert über die Leitplanke und schaut sich, ihre schlechten Erfahrungen von dem letzten Halt im Hinterkopf herumschwirrend, noch einige Male um. Nach mehrmaligen Umschauen geht sie zwei Schritte. Ungefähr einen Meter neben der Leitplanke im Landesinneren bleibt sie stehen, zieht wieder ihre Jacke nach oben. Mit kalten Fingern öffnet sie den Knopf ihrer Jeans, zieht mit leichten Schwierigkeiten die verdammt enge Hose herunter, geht in die Hocke und erleichtert sich auf ein Neues. Da es dunkler als beim letzten Urinieren ist, kann Missy den Strahl und dessen Verlauf nicht mehr so gut verfolgen. Der Urin ist im Vergleich zur Luft noch viel wärmer als vorhin, weshalb diese Mal auch Dampf von der unangenehm riechenden Flüssigkeit aufsteigt. In der leichten Dämmerung ist dieser gut zu sehen und wirkt gruselig.

Als sie fertig ist, quält sie sich wieder in ihre Kleidung und geht zurück auf die Autobahn. Sie stellt sich neben ihren Ford, steigt noch nicht ein. Inzwischen fühlt sie sich etwas schmutzig. Sich mal nicht abputzen können ist unangenehm genug. Aber mehrere Male... das ist nicht Missys Art. Toilettenpapier im Auto herumfahren allerdings auch nicht. Und Tempos hat sie natürlich auch nicht dabei, da ihre Tasche zu Hause im Warmen liegt.

Sie schaut sich den Asphalt an. Unregelmäßigkeiten fallen ihr auf. Beispielsweise entdeckt sie einen plattgefahrenen Kaugummi auf der Straße. Ein Stück weiter vorne befindet sich ein kleiner Teerstreifen, der beim Autobahnbau nicht richtig verarbeitet wurde. Überall liegen vereinzelt kleine Steine. Kieselsteine. Nichts Außergewöhnliches auf Straßen. Reifenspuren. Was soll sie denn nun machen? Rechts sieht sie nur den Schatten des Waldes. Soll sie in den Wald? Aber was soll sie dort. Ob sie dort was Essbares findet? Was soll sie tun. Immer wieder die gleiche Frage. Sie kann nicht ewig hier stehen bleiben, sie muss eine Entscheidung fällen. Aber alleine durch den Wald? Da sie gefühlte 5 Stunden geradeaus gefahren ist, dem Anschein nach inzwischen einen Tag und eine Nacht durchgefahren ist, Hunger und Durst hat, keinerlei Ahnung hat wo sie ist, keine Idee hat wie weit sie gefahren ist, sieht sie keine andere Möglichkeit als sich trotz ihrer Angst erneut außerhalb des Wagens umzusehen. Wenn sie nach etwas Essbaren schauen will muss sie sich beeilen. Es dämmert zwar erst, aber lange wird es nicht mehr dauern bis es stockdunkel sein wird.

Missy steht noch einen kurzen Moment auf dem leeren Platz der Pannenbucht. Sie weiß nicht so recht, was sie nun machen soll.

Mir bleibt im Endeffekt doch nichts anderes übrig.

Sie denkt noch einmal kurz nach.

Ich fahre seit Stunden diese merkwürdige, endlose, verlassene Autobahn entlang. Keine Abfahrt. Keine Autos. Keine Menschen. Welche Optionen habe ich? Anrufen.... Geht nicht, ohne Telefon. Notfalltelefon? Müsste ich erst eines finden.

Sie weiß, dass solche Notrufsäulen von Weitem sichtbar sind. Auch, dass kleine schwarze Pfeile im oberen Bereich der Leitplanken beziehungsweise deren Pfosten eigentlich den Weg zum nächsten Notfalltelefon zeigen sollten. Aber sie hat bisher weder ein Notfalltelefon, noch Pfeile auf den Leitpfosten gesehen. Davon abgesehen weiß sie überhaupt nicht, wo sie ist. Wie soll ihr denn so jemand helfen? Allerdings besteht die Möglichkeit, dass die Notruftelefone eine Standorterkennung haben. Macht Sinn, denn wenn eine Person den Notruf betätigt, wissen die Mitarbeiter am anderen Ende, wo derjenige ist. Das alles ist super, bringt aber Missy nichts. Denn es ist kein Notfalltelefon zu sehen.

Und nun? Warten bis jemand kommt? Da wird sie wohl lange warten müssen. Umdrehen? Geisterfahrer leben gefährlich, sehr gefährlich... auch wenn aktuell kein Auto zu sehen oder zu hören ist. Sie ist zu lange geradeaus gefahren, da war Nichts. Also eher nicht. Soll sie vielleicht doch lieber weiterfahren? Irgendwann ist auch einmal der Sprit leer.

Sie nimmt erneut ihren Mut zusammen, schließt ihr Auto ab und geht langsam den Hügel seitlich neben der Fahrbahn hinunter. Weg von der Autobahn, angetrieben von ihrem Hunger und der Hoffnung auf Verbesserung ihrer bisher aussichtslosen Lage.

Es sind nur circa ein bis zwei Meter, die es einen leichten Abhang hinunter geht. Es folgen eine vertrocknete Wiese mit ein paar wenigen Büschen und ab und an ein Baum und einige einzelne Büsche. Sie läuft noch ein Stück weiter auf den Wald hinzu, sehr weit ist es glücklicherweise nicht dort hin. Sie hält bereits die Augen auf, in der Hoffnung etwas Essbares zu finden. Und wenn es nur ein Pilz wäre, eine Kartoffel oder irgendwas.

Dazu müsste es aber ein Feld sein, und keine Wiese, du dumme Nuss. Auf einer Wiese finde ich höchstens einen Pilz. Und dann weis ich nicht einmal, ob er giftig ist.

Kurz bevor Missy am Waldrand ankommt, sie ist schätzungsweise einhundert Meter gelaufen, hört sie Geräusche.

Bekannte Geräusche... Eine Art Summen, Wind, Motorengeräusche.

Motorengeräusche!

„Was ist das", fragt sie sich, und dreht sich um.

Ein Auto.

Und da, noch ein Auto.

Auf der Autobahn... Autos.

Viele Autos.

Und es werden immer mehr.

Es wird immer lauter.

Das kann doch wohl nicht wahr sein!

Jetzt kommt sogar ein LKW, und wieder ein Auto, und noch eins.

Viele Fahrzeuge huschen in unregelmäßigen Abständen oben auf der Autobahn entlang. Der kleine Ford von Missy wackelt leicht durch den Fahrtwind der vorbeifahrenden Gefährte. Missy steht wie gebannt da und starrt nach vorne, leicht nach oben auf die Autobahn, nicht in der Lage sich auch nur ansatzweise zu bewegen vor Erstaunen. Sie sieht die Fahrzeuge von ihrem Standpunkt aus nicht komplett. Lediglich das obere Drittel der Autos kann sie erkennen, die Reifen sieht sie nicht. Entsprechend mehr von dem LKW.

Und dieses Geräusch von Motoren, Fahrtwind, vorbeirauschenden Autos.

Missy ist nicht im Stande sich zu bewegen, so erstaunt ist sie über die aktuelle Situation. Keiner hält an, keiner fragt sich was der verlassene Ford Fiesta in der Nothaltebucht zu suchen hat. Klar, sie hat auch kein Warndreieck aufgestellt und sie steht auch nicht in einer Warnweste dabei und winkt um Hilfe. Woher sollen die Leute dann auch wissen, dass sie Hilfe braucht? Und vor allem... was nun?

Nicht fragen, Missy. RENNEN!

Sie nimmt die Beine in die Hand und rennt los.

Den ganzen bisher gelaufenen Weg zurück.

Sie rennt so schnell sie kann.

Als sie fast da ist sprintet sie mit großen Sprüngen den kleinen Abhang hinauf.

Kommt ganz außer Atem an, steht wieder in der Nothaltebucht... doch sie sieht gerade noch etwas in weiter Entfernung: Die Rücklichter des letzten Autos am Horizont, das vorbei gefahren ist. Das

Geräusch der Fahrzeuge ist kaum noch zu hören, wird immer leiser, bis es komplett verschwunden ist.

Missy schreit und winkt mit aller Kraft, ist sich nicht sicher, dass irgendeiner der Autofahrer sie in der Dunkelheit auf diese Entfernung im Rückspiegel bemerkt.

Aber, wenn jetzt wieder Fahrzeuge die Autobahn entlang fahren, müsste ich gleich das nächste sehen. Dann werde ich mich bemerkbar machen können.

Sie wartet… und wartet… und wartet.

Doch es kommt keins.

Kein Auto. Auch kein LKW.

Sie wartet, und wartet, und wartet.

Kein rollendes Gefährt weit und breit.

Das kann doch nicht wahr sein, denkt Missy. *Was ist das denn für ein schlechter Scherz.*

Um ganz sicher zu sein, nicht das nächste Auto oder den nächsten LKW zu verpassen, steht sie noch eine Weile da. Doch nach einer gefühlten halben Stunde, vielleicht sogar eine ganze Stunde, gibt sie auf.

Da kommt nichts mehr. Das war es.

Missy ist sichtlich geknickt. Die Aufregung hatte ihren Körper etwas gewärmt, doch nun kommt die Kälte retour. Auch den Hunger merkt sie nun erneut.

„Sicherlich habe ich mir die Autos vorhin nur eingebildet", sagt sie traurig, den Blick auf den Boden gerichtet, vor sich hin.

Missy entscheidet sich dazu, wieder in Richtung des Waldes zu laufen. Schließlich muss sie irgendwie weiter kommen, kann jetzt nicht einfach hier stehen bleiben bis zum Sankt Nimmerleinstag. Außerdem kann sie weder abschätzen, wie spät es ist, noch ob es Abend oder morgens ist, so verwirrend wie alles abläuft und so schwach sie sich auch fühlt. Ihr bleibt nicht viel übrig als etwas zu unternehmen, also läuft sie wieder los.

Auf ein Neues.

Erneut den Abhang hinunter in Richtung des Waldes läuft sie über diese vertrocknete Wiese, bis sie am Waldrand angekommen ist. Sie ist kurz davor, den dichten Wald zu betreten, fast an der gleichen Stelle an der sie vorhin gehalten hat, als sie nochmals etwas Lautes wahrnimmt.

Geräusche. Nicht irgendwelche, sondern genau genommen: Motorengeräusche.

Das gibt es nicht, sie hört wieder Fahrzeuge auf der Straße. Das kann nicht wahr sein. Den Kopf in Richtung Autobahn drehend, entdeckt Missy tatsächlich wieder Autos auf der Fahrbahn, so wie es sich im Normalfall gehört. Dieses Mal ohne vorab in der Schockstarre zu verharren oder lange zu überlegen rennt Missy sofort was das Zeug hält los.

Sie rennt, so schnell sie noch nie in ihrem Leben gerannt ist, die Wiese entlang und den Hügel hinauf. Dass sie noch Luft bekommt, ist ein wahres Wunder.

Doch als sie oben ankommt, das gleiche Spiel wie bereits erlebt.

Es sind nur noch die Rücklichter der Fahrzeuge zu sehen als Missy an der Autobahn ankommt.

Kein weiteres Auto fährt mehr an ihr vorbei.

Missy zweifelt, wie so oft in den letzten Stunden während dieser Horrorfahrt, an ihrem Verstand. Diesmal wartet sie nicht ganz so lange, aber dennoch eine Weile, bis sie merkt, dass nichts und niemand mehr kommt. Sie wartet jedoch immerhin solange, bis sie wieder einigermaßen atmen kann. Von dem schnellen Rennen und der ganzen Aufregung ist ihr schwindlig.

Als kurze Zeit später die Atemnot nachlässt, ist auch ihr Kreislauf wieder stabil. Missy weiß nicht, was sie denken soll.

„Dass ein Mensch sich so etwas einbilden kann, das kann ich nicht verstehen, das kann doch nicht sein", sagt sie sich. „Aber es muss so sein. Es kann nicht anders sein. Oder doch? Aber… nein. Es gibt keine logische Erklärung."

Es kann nicht wirklich real sein, dass erst dann wenn sie die Autobahn verlässt und zu weit weg ist, um entdeckt zu werden, Autos vorbeifahren und ansonsten die Autobahn wie ausgestorben ist. Das muss sie sich eingebildet haben.

Auf ein drittes, dachte sie sich, und geht Richtung Wald. Komischerweise ist es noch nicht dunkler geworden, obwohl, zumindest nach Missys

Empfinden, einiges an Zeit verstrichen ist, seit es gedämmert hat.

Hier und heute ist alles komisch und abnormal, denkt sie.

Sie überlegt sich wie sie wohl reagieren soll, falls nochmals Autos fahren würden, wenn sie am Wald ankommt.

„Diesmal werde ich mich nicht umdrehen oder mir die Lunge aus dem Leib rennen!", ruft sie laut in Richtung der Straße. „Diesmal, werde ich mich nicht von irgendwelchen Geräuschen die sich nach fahrenden Fahrzeugen anhören und Halluzinationen beeinflussen lassen."

Also ob die Straße sie hören könnte.

Als ob die Straße sie ärgern wollte.

Missy läuft ein drittes Mal über die Wiese zu dem Wald. Als sie wieder, wie zu erwarten, Autogeräusche hörte, ignoriert sie diese diesmal und geht einfach weiter. Sie dreht sich nicht einmal um.

Missy denkt sich: *Nein, nochmal falle ich nicht auf meine Hirngespinste rein.*

Dieses Mal nicht.

Kapitel 7

Missy läuft weiter, hinein in den Wald, die Geräusche seitens der Autobahn ignorierend. Als sie im Wald ankommt nehmen die Geräusche ab und sind nach wenigen Schritten im Wald nicht mehr zu hören.

Es hat wieder etwas leicht zu regnen begonnen. Glücklicherweise hat Missys Jacke eine Kapuze, die sie zumindest ein wenig vor der Nässe der herunterfallenden Tropfen schützt.

Außergewöhnlich ist, dass sie plötzlich nichts mehr hört. Gar nichts.

Keine Geräusche von der Autobahn, aber auch keine Geräusche im Wald.

Keine Tiere. Keine Vögel.

Einfach gar nichts.

Sie hört nicht einmal den Regen auf die Blätter fallen, oder den Wind durch die Blätter ziehen.

Nicht einmal ihre eigenen Schritte hört sie.

Als wäre sie in einem Gebäude, dass Geräusche schluckt.

„Merkwürdig", sagt sie.

Auf einmal macht es einen lauten Knall. So laut, wie Missy es noch nie in ihrem Leben gehört hat.

Sie erschreckt sich wie noch nie zuvor.

Zuckt zusammen.

Fällt fast in Ohnmacht vor Schreck durch diesen lauten, übernatürlichen Knall.

Sackt in die Knie.

Sie fürchtet im ersten Moment, sie erleide einen Herzinfarkt. Es ist nur eine Vermutung, denn sie hat keine Ahnung, wie sich ein Herzinfarkt anfühlt. So musste es sein, wenn jemand das

Gefühl hat, dass nun der Zeitpunkt zum Sterben gekommen ist.

Doch sie stirbt nicht.

Sie zittert und das Herz schlägt ihr bis zum Hals.

Als sie wieder nach Luft schnappt kommt sie langsam wieder im Hier und Jetzt an.

„Was zur Hölle..." kurze Schnappatmung, „war das?", fragt sie sich.

Sie findet keine Lösung hierzu, es antwortet selbstverständlich auch niemand.

Alles ist wieder wie vorher, mit einer Ausnahme: Dass sie zumindest ihre Schritte hören kann. Das fällt ihr auf, als sie sich langsam aufrappelt, und ein paar wenige Schritte macht. Auch den Wind und den Regen kann sie nun im Wald hören. Mehr nicht. Keine Tiere, oder sonst ein Anzeichen von Leben.

Okay, denkt sie, *es sind auch keine Tiere da, oder sie haben sich einen sicheren Unterschlupf gesucht. Was sollen sie auch sonst machen bei diesem Sauwetter.*

Da hört sie doch etwas, was ist das?

Schritte.

Aber nicht die ihren.

Nein, es sind Schritte von jemand anderen.

Sie dreht sich um, kann jedoch nichts und niemanden erkennen. Weit und breit ist keine Menschenseele zu sehen.

„Hallo?", ruft sie. „Hallo? Ist da jemand?"

Es meldet sich niemand.

„Hallo, wer ist denn da?", fragt sie.

Es antwortet erneut niemand.

Die Schritte sind mittlerweile verstummt.

„Sind Sie noch da? Hallo, ich brauche Hilfe. Bitte, kommen Sie aus Ihrem Versteck."

Stille.

„Bitte, wo sind Sie, ist jemand da? Ich habe Angst."

Weiterhin Stille.

Sie bekommt es so heftig mit der Angst zu tun, dass sie kurz vor einer Panikattacke steht. Eine erneute Schnappatmung setzt ein. Sie kann sich zwar vor der Panikattacke retten, da sie mit zu viel Adrenalin vollgepumpt ist. Doch ihr Unwohlsein ist so heftig, dass sie bereits leichte Kopfschmerzen bekommt.

Als eine Weile nichts mehr zu hören ist, schaut sie auf den Boden. Untersucht diesen bestmöglich nach Pilzen, Beeren oder irgendetwas Verdaulichem. Doch da ist nichts außer Wurzeln und Erde. Ab und an ein wenig Moos. Es ist schwer zu erkennen, aber der Boden scheint sehr trocken und dürr zu sein.

Und nun? Sie ist mutterseelenallein, ohne eine Waffe als Hilfe, ohne Telefon, noch nicht einmal eine dicke Winterjacke, keinen Schal, und das alles mitten im Wald. Sie weiß weder wo sie ist, noch wie viel Uhr es ist. Sie weiß einfach gar nichts. Sie weiß, dass sie ihre Lage selbst zu verschulden hat. Was läuft sie auch in den Wald. Doch ihr Hunger ist so groß, aber etwas Essbares scheint es hier nicht zu geben. Zudem hat Missy das Gefühl, dass es nun wirklich dunkler geworden ist und die Nacht anbricht.

Missy entscheidet sich, wieder ans Auto zurück zu laufen. Es ändert ja alles nichts, hier ist weit und breit nichts außer Wald. Wie weit sollte sie denn durch den Wald laufen, vor allem machen ihr die ominösen Schritte Angst, die sie eben noch gehört hat. Auch wenn aktuell nichts mehr zu hören ist. Sie hatte sich das nicht eingebildet. Musste sie aber, denn es ist niemand hier.

Oder doch?

Nicht darüber nachdenken, versucht sie sich einzureden.

Als sie gerade überlegt umzukehren, entdeckt sie eine kleine Pfütze auf dem Boden, die sich wohl durch den Regen gebildet haben muss. Missy kniet nieder und schöpft sich das Wasser mit ihren aneinander gepressten Händen, die sie wie eine kleine Schale geformt hat, heraus und trinkt es gierig.

„Pfui", ruft sie und verzieht das Gesicht. „Aber was soll ich machen, ich habe auf dem Weg leider keinen Coca-Cola Stand gesehen."

Sie trinkt die Hälfte Pfütze aus und fühlt sich im Anschluss, zumindest minimal, besser und das, obwohl sie vom Geschmack des Wassers leicht angewidert ist.

Hier ist es sehr ungemütlich, denkt sie sich. *Ich sollte wieder zurück und im Auto warten, bis es aufgehört hat zu regnen. Zu essen gibt es hier wohl eh nichts. Und im Dunkeln werde ich noch weniger Erfolg haben, und es wird immer dunkler. Ich bin müde, und würde gerne etwas schlafen.*

Sie dreht um und läuft zurück in Richtung Autobahn. Ihre Gefühle kreisen zwischen Hoffnung und Angst, ihre Gedanken zwischen ihrem Hunger, der Müdigkeit und den komischen Schritten. Während Missy sich überlegt, wie sie weiter verfahren wird, sobald es aufhört zu regnen, nimmt sie erneut Geräusche wahr. Sie bleibt stehen und lauscht.

Da, da waren sie wieder, die Schritte!

Missy dreht sich um, doch sie sieht erneut nichts und niemand.

Es gruselt sie. Die Situation ist einfach nur unheimlich.

Soll sie die Herkunft der Schritte suchen, ob da vielleicht doch jemand ist, der selbst Hilfe braucht?

„Hallo, wer ist denn da, kann ich ihnen helfen?", fragt sie in das Dunkel des Waldes hinein.

Keine Antwort.

Nichts ist zu hören. Auch die Schritte sind verstummt. Missy sieht nirgends einen Schatten, hört niemanden atmen. Sie schüttelt den Kopf und geht weiter.

Als sie weiter läuft, hört sie hin und wieder Schritte, hört die Äste auf dem Boden knacken, das Rascheln des Laubes auf dem Boden.

Ob jemand hinter ihr her ist?

Doch jedes Mal wenn sie sich umdreht, selbst ganz abrupt, kann sie nichts erkennen. Kann absolut niemanden sehen. Ob es vielleicht ihre eigenen Schritte sind die sie hört und das Echo ihr einen Streich spielt? Nein, das kann sie sich nicht vorstellen. Doch das will sie überprüfen. Sie läuft also weiter und achtet dabei auf die Geräusche ihrer eigenen Schritte, und auf die Schritte die nun wieder anfangen durch den Wald zu hallen.

Es sind definitiv unterschiedliche Rhythmen.

Es kann kein Echo sein.

Nun war sie sich sicher, es muss noch jemand da sein. Sie dreht sich nochmal um als sie wieder die Geräusche auf dem Boden hinter sich hört, sieht jedoch erneut niemanden.

Die Schritte werden lauter und häufiger, gleich wenn jemand sich zügig nähert.

Missy rennt los.

Sie rennt und rennt... doch wann ist sie aus dem Wald draußen? Soweit ist sie doch nicht hinein gelaufen. Sie möchte sofort in ihr Auto, da ist sie viel sicherer als hier. Dort könnte sie zumindest die Verriegelungs-Knöpfe hinunter machen, und niemand könnte in das Auto hinein. Nicht, ohne die Scheibe einzuschlagen natürlich. Aber soweit will sie jetzt nicht denken, aber... sie muss sich verlaufen haben.

Missy bleibt stehen, schaut sich um.

Nichts kommt ihr bekannt vor. Sie kann nicht mit Bestimmtheit sagen, ob das die gleiche Strecke ist, auf der sie bereits gelaufen ist.

„Das kann doch nicht sein", sagt sie sich ganz außer Puste, „ich bin doch nur geradeaus gelaufen. Und ich bin wirklich langsam gelaufen. Das war nicht so weit. Ein paar hundert Meter nur. Wie kann es sein, dass ich jetzt, wo ich so viel renne, den Waldrand nicht erreiche?"

Sie läuft zügigen Schrittes weiter, da sie vor Erschöpfung nicht mehr rennen kann. Nach gefühlten 5 Minuten beschleunigt sie in ein Joggen. Doch nach weiteren 2 Minuten bleibt sie erneut zu einer Pause stehen.

Seitenstechen plagt sie.

Missy verschnauft kurz und geht in normalen Schritten, weiter.

„Das gibt es doch nicht", sagt sie tief Luft ein- und ausatmend, „ich laufe immer geradeaus, ich kann doch nicht einfach jetzt noch tiefer in den Wald hinein gekommen sein."

Doch scheinbar ist es so.

Es ist nichts zu sehen, weit und breit.

Kein Waldrand.

Kein Feld.

Keine Autobahn.

Sie setzt sich, einem Nervenzusammenbruch sehr nahe, auf den kalten, nassen Boden.

Lauscht nach den Schritten. Doch diese sind mittlerweile verschwunden.

Da hört sie etwas anderes.

Autos?

Ja, Autos, wie auf einer leicht befahrenen Autobahn.

Das gibt es doch nicht! Entweder spielen ihr ihre Gedanken nun wieder einen Streich, oder sie ist ganz in der Nähe der Autobahn, und die gleiche Illusion wie vorhin ist wieder da. Autos, auf der Autobahn, wie es sich gehört. Oder sind sie dieses Mal wirklich da?

Sie läuft dem Geräusch entgegen.

Sie läuft erst zügigen Schrittes.

Wird immer schneller.

Fängt an zu rennen.

Missy rennt so schnell sie kann, doch sie kommt nicht vorwärts.

Sie sieht nur Bäume, weit und breit. Sie scheint sich keinen Meter vorwärts zu bewegen, kommt sich vor wie auf einem Laufband. Noch eher wie in einem schlechten Alptraum.

Missys Augen füllen sich mit Tränen.

„Das ist doch ein Alptraum", ruft sie. „Das kann nicht real sein."

Plötzlich bleibt Missy stehen. Erst zwickt sie sich in den Arm, um sicher zu gehen, dass es nicht doch ein Traum ist. Doch die Realität zeigt sich dem Mädchen in einer Umgebung voller Bäume, im dunklen Wald, im Regen. Da kann sie nicht mehr.

Sie zittert, fängt an bitterlich zu weinen, bricht in sich zusammen und sackt wie ein Sack Kartoffeln auf den Boden.

Sie krümmt sich in sich und schreit: „Das kann es doch nicht sein... Hilfe... so helft mir doch!"

Es knallte erneut.

Fürchterlich und laut, wie vorhin.

Ihr Körper bebt vor Schreck.

Ihr Weinen endet abrupt.

„Was war das?", fragt sie sich, als sie sich nach wenigen Sekunden wieder gefangen hat, „Etwa das Gleiche wie vorhin? Aber was war das, verdammt nochmal?"

Sie rappelt sich auf, lauscht.

Doch sie hört nichts mehr. Gar nichts mehr.

Keine Geräusche aus dem Wald.

Kein Wind.

Nicht einmal den Regen auf die Blätter nieseln.

Auch keine Schritte.

Noch dämmert es nur, es ist noch nicht richtig dunkel.

Das ist wenigstens etwas, denkt sie sich, und geht langsam weiter.

Nach einer kurzen Zeit erreicht sie den Waldrand und kommt wieder auf das Feld. Sie hat es aus dem merkwürdigen Wald heraus geschafft. Sollte jemand hinter ihr herlaufen, könnte sich derjenige nicht hinter den Bäumen und Büschen verstecken und würde entdeckt werden.

Missy fällt ein Stein vom Herzen und beschleunigt ihren Schritt.

„Zum Glück, da bin ich wieder. Gott sei Dank", sagte sie.

Sie entdeckt von weitem schon die Silhouette ihres Fords, rennt das letzte Stück zu ihrem Auto, kramt während dem Rennen bereits den Schlüssel raus. Keine Minute später erreicht sie stark schnaufend den Ford. Springt über die Leitplanke, geht zur Fahrerseite.

Vor dem Auto stehend schaut sie über das Feld, zu dem Wald. Niemand zu sehen.

Es ist inzwischen dunkel geworden.

Das ging jetzt schnell, denkt sie. *Binnen Minuten. Was für eine verdammte Scheiße.*

Sie schließt auf, setzt sich in ihren Wagen, schließt die Tür und merkt erst dann, wie schweißgebadet sie ist. Missy ist nicht nur nass vom Regen. Nicht nur von der Anstrengung. Nein, es ist Angstschweiß. Nass vom Regen ist sie noch dazu, was bedeutet, dass ihre sich anbahnende Erkältung möglicherweise bald ausbrechen wird. Doch das ist jetzt nun wirklich ihr kleinstes Problem.

Momentan ist sie dankbar, im Auto zu sitzen.

Sie drückt alle Knöpfe hinunter, lehnt sich zurück und schnauft erst einmal tief durch. Mit beiden Händen greift sie um sich herum, als wolle sie sich selbst halten. Sie merkt die Nässe ihrer Kleidung, und die Anstrengung in ihren Beinen von dem vielen Renne. Sie streckt die Beine soweit sie kann nach vorne aus in den Fußraum des Fords. Nach einigen Minuten fühlt sie sich zumindest etwas sicherer und wohler, als eben im Wald.

„Was war jetzt real davon, und was hab ich mir zusammen gereimt? Ich weiß es nicht. Ausruhen, ich möchte einfach nur ein wenig ausruhen. Ich bin fix und fertig, ich muss kurz die Augen schließen. Hier drin wird mir nichts passieren."

Sie schaut hinaus in die inzwischen stockdunkle Nacht.

Missy schließt für einen kurzen Moment die Augen.

Atmet noch einmal tief ein und aus.

Und schläft ein.

Kapitel 8

Als Missy aus einem kalten, unruhigen Dämmerzustand erwacht und langsam die Augen öffnet, ist es nach wie vor dunkel. Sie braucht einige Sekunden um sich klar darüber zu werden, wo sie sich befindet, und vor allem warum. Nach und nach fallen ihr die Erlebnisse des letzten Tages und auch der letzten Stunden in dem merkwürdigen Wald wieder ein. Der Streit mit Tommy. Ihre Situation auf der einsamen Autobahn. Die Illusionen der fahrenden Autos auf der Autobahn und die Schritte im Wald. Ein Schauer überkommt sie, als sie an den fürchterlichen Knall denkt, der sie zweimal zu Tode erschreckt hat.

Enttäuscht, dass sich ihre Situation um keinen schlechten Traum handelt, macht sie sich der Realität bewusst, in der sie gerade bis zum Hals steckt. Sie schaut nach draußen, sieht das Feld und den Wald.

„Ich muss kurz eingenickt sein.", sagt sie sich bestmöglich streckend.

Vor ihr liegt wie bereits zuvor die verlassene Autobahn. Weit und breit ist weder Auto noch Mensch zu sehen. Die Strecke führt stur geradeaus. Ihr Magen knurrt laut. Mit verzerrtem Gesicht reibt sie sich ihren Bauch. Doch auf etwas Essbares muss sie weiterhin verzichten. Denn da Missy aktuell keine Lust hat, noch einmal so einen Horrortrip in dem Wald zu durchleben, entscheidet sie sich nach einer kurzen Bedenkzeit, weiter zu fahren. Oder soll sie noch etwas schlafen? Müde ist sie nach wie vor. Allerdings findet sich durchs Schlafen weder was zum essen, noch eine Lösung für ihr Problem.

Viel Essbares habe ich nicht gesehen in diesem Waldstück, genau gesagt gar nichts. Eventuell muss ich mein Glück an einer anderen Stelle versuchen. Dazu sollte ich weiterfahren. Außerdem möchte ich gerne wieder einen trockenen Arsch, denkt sie sich.

Ihre Hose ist von dem Regen, dem Angstschweiß und auch von dem Zusammensacken auf den feuchten Boden an ihrem Hinterteil und an den Knien nicht nur matschig, sondern auch durchnässt.

Sie startet den Motor, stellt das Licht an, dreht die Heizung so hoch es geht. Sie möchte gerade losfahren, richtet ihren Blick nach vorne auf die Straße, als auf einmal eine Wand an Autos angefahren, nein, angerast kommt.

Wie ein riesiges Ungeheuer peitscht die Masse an Autos an ihr vorbei.

Missy kann nicht fassen, was sie da sieht.

Autos.

Jede Menge Autos.

Von jetzt auf nachher.

Alles voll.

Ihr Auto wackelt von dem Fahrtwind.

Mit aufgerissenen Augen schaut sie nach draußen.

Sieht die Autos umhüllt mit mehreren weißen Streifen, scheinbar durch die Geschwindigkeit, vielleicht auch durch die Lichter im Dunkeln, an sich vorüber zischen.

Das Tempo der Fahrzeuge ist enorm, der Abstand der einzelnen Autos, die kaum zu erkennen sind, sehr gering.

Missy hat keine Chance irgendwie auf die Fahrbahn abzubiegen.

Wie soll sie sich jetzt bemerkbar machen, zeigen dass sie in Not ist?

Aussteigen ist zu gefährlich, alle rasen wie die Bekloppten. Zudem sind die Fahrzeuge so nah, sie befürchtet jeden Moment, ihr Spiegel wird abgefahren. Die Tür würde das nicht überleben.

Auf der anderen Seite kann sie nicht aussteigen, sie hat zu eng an der Leitplanke geparkt. Die Nothaltebucht ist nicht sonderlich breit. Die Tür ginge höchstens einen Zentimeter breit auf und da kann sie schlank und beweglich sein wie sie will. Da passt sie nicht durch.

Nun ist guter Rat teuer, denkt sie.

Sie schaltet den Warnblinker ein.

Keiner der Vorbeifahrenden interessiert sich für den kleinen blauen Ford Fiesta.

Und dann, so viele Fahrzeuge? Auf einen Schlag? Das stimmt doch irgendwas nicht, denkt Missy verwirrt.

Gelegentlich taucht dazwischen noch ein LKW auf, können die überhaupt so schnell fahren? Sie macht den Warnblinker wieder aus und blinkt zum herausfahren.

Nichts.

Sie hupt. Mehrmals.

Nichts.

Sie hupt dauerhaft.

Keine Veränderung.

Keines der Fahrzeuge macht Anstalten den Ford auf die Fahrbahn zu lassen, oder nach ihr zu schauen, abzubremsen oder irgendeine Regung zu zeigen. Alle fahren stur in gleichbleibender Geschwindigkeit vorbei.

Sie kurbelt die Scheibe runter, schaltet das Licht im Innenraum an und winkt und schreit wie eine Gestörte.

Keiner reagiert.

Sie sieht nicht einmal Personen in den Autos. Ob überhaupt welche in den Fahrzeugen sitzen?

„Hahahaha." Missy lacht laut auf. „Das wäre es jetzt noch. Geisterautos ohne Fahrer. Das würde mich jetzt auch nicht mehr wundern."

Missy muss an eine Situation denken, die sie in ein weiteres, lautes Gelächter fallen lässt.

Als sie mit ihrer Freundin, sie waren beide noch nicht volljährig, von deren Mutter von der Theater Gruppe der Schule abgeholt worden sind, hatte die Mutter vergessen, die Handbremse an ihrem Auto zu betätigen, oder den Gang einzulegen. Sie stieg aus um den Mädchen den Kofferraum zu öffnen, damit sie ihre Taschen hineinlegen konnten. Doch als das Auto unbemannt war, hat es sich von alleine davon gemacht.

Die Straße hatte eine minimale Senkung und das Auto bekam durch die Bewegung am Kofferraum wohl genau die Menge an Kraft, um loszurollen. Aus Missys Perspektive, sie stand noch auf der anderen Straßenseite, sah das so übermäßig witzig aus, als das Auto langsam und immer schneller werdend davon rollte, während die Mutter ihrer Freundin leichenblas hinterherrannte und versuchte, es zu stoppen. Sie hatte laut losgelacht. Missys Freundin verkniff sich damals das Lachen, was ihre Mutter nicht bemerkte. Doch Missys Lachen war nicht zu überhören gewesen. Als die Mutter das entflohene Auto, glücklicherweise, eingefangen hatte, war sie zunächst damit beschäftigt, sich von dem Schock zu erholen. Doch im Anschluss, Missy hat schon gar nicht mehr damit gerechnet, gab es ein riesen Donnerwetter. Die Mutter der Freundin war außer sich. Was ihr denn einfällt, bei solch einer ernsten Situation über sie zu spotten. Sie sah dabei aus wie ein dampfender Kessel und Missy musste sich sehr zurückhalten, nicht erneut loszulachen.

Das Auto hatte ausgesehen wie ein Geisterauto. Aber sie wusste, warum es von alleine rollte.

In dieser Situation jetzt weiß sie gar nichts. Und sie sieht gar nichts.

Die Autos rollen nicht langsam einen leichten Berg hinab.

Ebenso rennt niemand mit den Armen wedelnd den Fahrzeugen hinterher.

Die Autos rasen weiter vorbei als sich Missy schweren Herzens dazu entscheidet, ihr Leben, bzw. vorerst die Fahrertür zu riskieren, diese zu öffnen und auf die Straße zu laufen um sich bemerkbar zu machen. Welche Chance hat sie denn sonst noch in ihrer verzwickten und vor allem verrückten Lage? Sie schließt die Augen, nimmt ihre zitternde linke Hand und führt diese an die Autotür.

Sie öffnet die Verriegelung und atmet tief durch.

Die Nervosität lässt ihr Herz so laut und heftig schlagen, als wolle es ihr aus der Brust hüpfen. Missy schließt kurz die Augen, alles in ihr pulsiert. Sie ist so aufgeregt dass sie nicht bemerkt, dass es ruhig geworden ist.

Sie gibt sich einen Ruck, öffnet die Tür und steigt aus.

Sie steigt aus?

Kein Knall.

Sie hat die Tür noch in der Hand?

Was ist passiert?

Nichts.

Kein Auto fährt vorbei.

Nur noch die Rücklichter der bereits vorbeigefahrenen Wagen weit vorne am Horizont verschwinden in der Ferne.

Es kommt kein Auto mehr.

Kein LKW.

Nichts und niemand.

Es ist vorbei.

Das ist Missy zu viel.

Sie weiß nicht mehr, ob sie weinen, lachen oder schreien soll.

Nach einer gefühlten Ewigkeit, in der sie mit geöffnetem Mund und aufgerissenen Augen in die Richtung der davongeeilten Fahrzeuge gestarrt hat, schüttelt sie ihren Kopf. Sie kommt im Hier und Jetzt bei sich an und bemerkt, wie heftig sie friert. Nass bis auf die Knochen, zumindest fühlt es sich so an, zittert ihr Körper. Sie ist fix und fertig. Diese Anstrengung eben hat ihr einiges an Energie abverlangt. Energie, die sie durch fehlende Nahrung nicht hat.

Mehr aus Reflex, als mit dem Wissen etwas zu finden, geht sie zur Rückseite ihres Wagens, öffnet den Kofferraum. Und siehe da, da liegt tatsächlich eine Decke.

„Perfekt. Mh, aber warum habe ich eine Decke im Auto?", fragt sich Missy.

Just in dem Moment, in dem sie die Frage ausgesprochen hat, fällt es ihr ein.

Letztes Jahr waren sie auf einem Konzert gewesen, sie und Tommy.

Ach ja, mein lieber Tommy, denkt sie.

Das Konzert hat etwas weiter weg stattgefunden und die beiden hatten gut drei Stunden gebraucht, um dorthin zu gelangen. Zur Sicherheit hat das Paar sich Kleider zum wechseln, sowie eine Decke mitgenommen, für den Fall, dass der Abend länger dauert als geplant. Und so kam es auch.

Es war ein wunderschöner Abend mit Tommys Lieblingsband „Depeche Mode" gewesen. Er hatte richtig gute Laune an dem Abend. Auch Missy, die

die Band zwar gut, aber auf Dauer etwas langweilig findet, war dieses Mal richtig begeistert von der tollen Musik und dem klasse Auftritt der Band. So kam es, dass beide ein Bierchen zusammen getrunken haben. Dann noch eins, und noch eins. Der Vernunft wegen, und auch, weil es schon sehr spät war, sie hatten nach dem Konzert noch mit ein paar anderen Fans gefeiert, haben sie sich dazu entschieden, nicht mehr nach Hause zu fahren. Sie wollten im Auto übernachten. Es war damals Anfang September und es war noch sehr warm. Beide haben sich ausgezogen und noch bevor sie in ihre Jogginganzüge geschlüpft sind, sich innig geliebt. Danach haben sie sich unter die Decke gekuschelt und sich auf dem kleinen Rücksitz bestmöglich gemütlich gemacht. Es war zwar sehr eng aber auch sehr romantisch.

Missy wird es bei den Gedanken an diese Nacht schon ein klein wenig wärmer.

„Jetzt bin ich hier. Allein. Und es ist nicht romantisch, es ist furchtbar. Und mir ist kalt", sagt sie.

Sie krabbelt mit der Decke unter dem Arm zurück in ihr Auto. Um das Fahrzeug abzuschließen, drückt sie von innen den Knopf herunter, klettert danach auf den Rücksitz und entkleidet sich. Langsam, aber immer noch immer frierend, zieht sie sich die Jacke aus und den Pullover über den Kopf. Danach öffnet sie den Knoten ihrer Schuhe und zieht auch diese aus.

„Jetzt die enge Hose", sagt sie, „das wird wieder lustig. Was man sich nicht alles für die Männer antut. Ich könnte von mir aus jeden Tag Jogginghosen tragen. Bin ja schließlich nicht auf einer Modeschau, wenn ich mich auf meine Couch kuschel."

Während sie vor sich hin schimpft, streift sie sich langsam die knallenge Jeans über ihre Hüften und schält sie von den Beinen herunter.

"Zum Glück kann durch die Scheiben keiner hineinschauen. Das ist das einzig Gute an dem bisschen Tuning, was an meinem Auto existiert, wenn man das überhaupt zu Tuning zählen kann. Ich werde Tommy fragen, wenn ich wieder bei ihm bin. Dann freut er sich, dass ich Interesse an dem Thema zeige. Es ist peinlich wie ich mich hier aus meiner Kleidung winde."

Natürlich wäre es Glück, würde überhaupt jemand vorbeischauen um durch die Scheibe schielen zu können. Missy wäre um jede Hilfe dankbar. Aber ein wenig Ironie macht die Gesamtsituation wenigstes ein klein wenig erträglicher.

Missy ist sich sehr wohl bewusst, dass eine Pannenbucht nicht dafür gedacht ist, eine Pause zu machen oder gar darauf zu übernachten. Der kurze Fahrstreifen auf der rechten Fahrbahnseite ist dafür gedacht, bei einer Panne anzuhalten, den Notruf oder Pannendienst anzurufen, jedoch nicht um dort ein Nickerchen zu machen. Aber sie ist der Meinung, dass das was sie hier erlebt, sehr wohl eine Panne ist. Sie steckt immerhin bis zum Hals in der Scheiße. Das ist doch eine wirklich sehr merkwürdige Situation. Wenn jemand sie beschimpfen und darüber aufklären möchte, dass sie hier nicht stehen darf, könnte sie zumindest nach dem Weg fragen. Oder noch besser, was hier vor sich geht. Alternativ könnte sie um ein Telefon bitten oder was auch immer. Sie wäre zumindest nicht mehr alleine. Doch bisher hat es niemanden gestört, da wird es das auch weiterhin niemanden, stellt sie ernüchternd fest.

Das ist eine gute Lösung. Ich warte hier bis jemand kommt und mich rettet. In der Zwischenzeit kann ich ein Schläfchen machen und mich versuchen aufzuwärmen. Meine Hose hänge ich über den Sitz. Vielleicht habe ich Glück und sie trocknet etwas bis später. Damit mich niemand überfällt, habe ich ja die Knöpfchen unten. So muss derjenige der zu mir möchte erst einmal an die Scheibe klopfen. Davon werde ich ja wohl wach werden, denkt sie sich.

Und so kuschelt sie sich in die Decke ein nimmt sich ihre nassen Kleider, breitet diese bestmöglich aus und hängt sie über die Sitzrücklehnen.

„Hoffentlich trocknen sie, auch wenn es nicht sonderlich warm ist", sagt sie.

Sie kramt auf dem Boden nach ihrer Warnweste und dem Erste-Hilfe-Päckchen. Sie hat keinen festen Kasten sondern eine Stofftasche, in der inklusive dem Warndreieck alles drin ist. Jetzt ist sie froh darüber denn aus dem Päckchen und der Weste formt sie sich ein Kissen und macht es sich auf der Rückbank gemütlich. Leicht zitternd von der Kälte, aber schon viel besser fühlend ohne die nassen Kleider, mit Gedanken an die Konzertnacht hier auf dieser Rückbank zusammen mit Tommy, schläft sie langsam ein.

Kapitel 9

Als Missy nach einem einigermaßen erholsamen Schlaf erwacht, braucht sie einen kleinen Augenblick um zu begreifen, wo sie ist. Dieses Mal hat sie richtig fest geschlafen. Scheinbar auch lange, denn es ist hell geworden. Sie bemerkt schnell, dass das bisher Erlebte leider immer noch kein Traum war, rafft sich langsam und traurig zum Sitzen auf. Ihre Hose ist nur noch minimal feucht, leider etwas kalt. Dennoch streift sie das enge Teil über ihren schlanken, durchtrainierten Körper.

In letzter Zeit hatten die beiden vermehrt Sport getrieben. Das macht sich natürlich auch an den Muskeln bemerkbar, wenn auch mehr optisch. Missy hatte vor Tommys Zeit in einem Verein Badminton gespielt, doch das wurde ihr mit der Zeit zu langweilig. Als Tommy kam war der

Zeitpunkt perfekt um dem Verein den Rücken zu kehren. Doch ganz ohne Sport wollte sie auch nicht. Beide einigten sich auf Joggen. So fingen beide mit Jogging als Hauptsportprogramm an. Tommy hatte sich zudem noch für Klettern begeistert, wozu er sich ab und an mit Freunden traf. Missy spielte nur noch selten mit Tommy Badminton. Da sie immer gewann hatte ihr Freund irgendwann kein Interesse mehr daran. Um es auszugleichen, hat sich Missy bereit erklärt, das ein oder andere Mal mit ihm Klettern zu gehen. So hatten beide etwas Bewegung, unternahmen etwas gemeinsam und hielten sich fit.

Leider war die Zeit für solche Aktivitäten durch Missys Schichtarbeit immer schwer zu finden. Doch das regelmäßige Joggen, was sie notfalls auch getrennt machten, hielt ihren Körper trainiert. Immer wieder ein Anreiz für Tommy, mit unter die Dusche zu schleichen, wenn er, nach dem sich Missy entkleidet hatte, einen Blick auf den wohlgeformten Leib erhaschen konnte.

Der Gedanke an die doch regelmäßigen Überraschungen unter der Dusche sorgt für einen leichten Schauer in Missys Nacken. Ihr Unterhemd ist noch warm vom schlafen, ihren Pullover und die Jacke nimmt sie von den Sitzlehnen, als sie nach vorne klettert. Sie schaut noch etwas verschlafen aus der Frontscheibe.

Nichts hat sich verändert, bis auf die Helligkeit, es muss wieder Tag geworden sein.

Sie schaut erneut zu dem Wald rüber. Im hellen sieht es nicht so angsteinflößend aus, als noch am gestrigen Abend.

Weit und breit ist weder ein Auto, noch irgendein Mensch zu sehen.

Nichts.

Niemand.

Sie ist immer noch alleine.

Und sie hat noch immer Hunger.

Der Geschmack in ihrem Mund ist faulig und unangenehm.

Sie denkt an ihre Hustenbonbons. Ein kurzer Freudeschauer überkommt sie.

Na klar, die Bonbons. Besser als nichts. Warum fällt mir das jetzt erst ein?

Sie greift in ihrer Hosentasche nach einem Hustenbonbon und bemerkt, dass die Tasche leer ist. Das wundert sie kaum, hätte sie die Beulen in der Hose beim anziehen sicher bemerkt.

„Mist", sagt sie, „ich muss die Bonbons unterwegs verloren haben. Aber ich habe so einen fürchterlichen Hunger, ich brauche zumindest etwas Kleines, etwas Süßes oder etwas zu trinken bevor ich weiterfahre. Jetzt, da ich an die Bonbons gedacht habe, geht es mir nicht mehr aus dem Kopf. Zudem muss ich ganz dringend nochmal wohin. Ich weiß nicht woher das kommt. Von dem bisschen Wasser aus der Pfütze kann das nicht sein. Vielleicht hatte ich noch einen Rest Flüssigkeit im Körper. Aber woher auch immer, mir bleibt wohl nichts anderes übrig, als noch mal kurz auszusteigen und mich zu erleichtern. Bei der Gelegenheit kann ich auch noch kurz Richtung Wald gehen und meine Bonbons suchen. Es ist schließlich hell, und längst nicht mehr so angenehm düster. Vielleicht liegen sie ja nicht weit weg."

Missy steigert aus. Hinter der Leitplanke erleichtert sie sich. Anschließend läuft sie langsam die Strecke über das Feld Richtung Wald ab und sucht dabei den Boden nach den Bonbons ab. Zum Glück ist es hell und sie sieht etwas. Möglicherweise findet sie auch etwas Wasser.

Sie achtet vor lauter Bonbons und Wasser nicht auf die Strecke die sie geht. Schon als sie denkt, von ihrem imaginären Weg abgekommen zu sein, erreicht sie den Wald. Wage erinnert sie sich an die Stelle, an der sie das erste Mal den Knall gehört hat. Sie hält sich etwas geduckt, wartet, doch nichts geschieht.

Nach wenigen Schritten sieht sie etwas auf dem Boden liegen.

Etwas Weißes und Lilanes.

„Ja!", sagt sie „Da liegt ein Bonbon von mir! Super!"

Sie greift danach, öffnet es und steckt sich das Bonbon in den Mund und beginnt, es langsam und genüsslich zu lutschen.

„So gut hat ein Bonbon noch nie geschmeckt", sagt sie.

Da sie genau weiß, dass das eine Bonbon und auch zwei weitere ihren Hunger nicht stillen würden, entscheidet sie sich dazu, nicht weiter nach den restlichen zu suchen sondern sich lieber wieder Richtung des Fords zu orientieren, damit sie sich nicht verläuft. Den ekligen Geschmack hat sie immerhin aus ihrem Mund vertrieben. Zumindest vorübergehend.

„Scheiße!"

Missy rutscht vor Schreck das Herz in die Hose als sie sich in die Richtung umdreht, aus der sie gekommen ist. Sie braucht einige Sekunden, bis sie begreift was sie sieht.

Da ist jemand.

Vor ihr ist eine Person aufgetaucht.

Nein, das kann doch nicht wahr sein! Ist das wirklich Realität?, denkt sie sich. *Das ist ein Mädchen, oder eine Frau. Da ist jemand. Ich kann es gar nicht glauben.*

Missy zwickt sich, diesmal in ihr rechtes Bein.

„Autsch!", ruft sie.

Sie schläft nicht.

Es ist tatsächlich jemand einige hundert Meter vor ihr. Sie steht mit dem Rücken in Missys Richtung, von ihr weglaufend. Ein Mädchen, welches eine ähnliche Jacke wie Missys trägt.

Ebenso hat das Mädchen eine Jeans an. Sie ist ziemlich strubblig hat ebenso brünette Haare, welche sie zu einem Zopf zusammen geknuddelt hat, sofern das aus der Entfernung erkennbar ist. Diese massive Ähnlichkeit der Kleidung fällt Missy nicht auf. Sie kann es nicht fassen, einen Menschen zu sehen. Als sie nach einer gefühlten Ewigkeit, die tatsächlich nur wenige Sekunden dauert, ihre Gedanken geordnet bekommt, sagt sie:

„Wahnsinn. Da ist tatsächlich jemand."

Sie hebt ihre Stimme und ruft: „Hallo! Hallo du da!"

Doch das Mädchen reagiert nicht.

„Hallo?"

Das Mädchen läuft einfach weiter, als hätte es nichts gehört.

Missy ruft erneut, diesmal so laut sie kann:

„Hallo du da, du, hallo! Oder Entschuldigung, Sie da. Sie. Hallo, Sie. Bitte warten Sie."

Missy schämt sich schon fast dafür, das Mädchen einfach geduzt zu haben. Vielleicht ist das eine ältere Frau. Das erkennt man von hinten manchmal nicht, oder eben falsch.

„Sie, können Sie mir bitte helfen? Ich benötige dringend Hilfe."

Doch die Person dreht sich nicht um.

„Hallo, Sie, bitte helfen Sie mir, ich habe mich verirrt. Ich stehe oben mit meinem Wagen auf der Autobahn und komme nicht weiter. Ich weiß nicht wo es zur nächsten Ortschaft geht. Ich habe Hunger… Hallo? So bitte helfen Sie mir doch!"

Die Frau ist nicht so weit weg, dass sie Missy nicht hören würde. Doch sie bewegt sich kein bisschen in Missys Richtung.

Dreht sich nicht um.

Bleibt nicht stehen.

Läuft einfach weiter.

Missy fängt an zu rennen, als die Frau abrupt stehen bleibt und ihren Kopf in Richtung Missy dreht. Sie schaut Missy an. Aber irgendwie auch nicht.

Sie schaut durch Missy durch.

„Danke, vielen Dank, warten Sie auf mich!", ruft Missy, mit beiden Armen winkend. Da dreht sich die Frau, Missy kann nicht genau erkennen wie alt sie ist, wieder um und läuft weiter.

Als hätte sie Missy nicht gesehen.

„Halt. Bitte, warten Sie doch!"

Missy rennt auf die Frau zu. Wieder dreht sich die Unbekannte zu Missy um, schaut, als hätte sie etwas gehört. Doch als würde Missy nicht existieren, dreht sie sich wieder um und führt ihren Weg fort. Missy bekommt vor lauter Aufregung, Erschöpfung und Anstrengung kaum Luft. Sie hat Seitenstechen. Tief einatmend, die Augen vor Schmerz zusammenkneifend will sie erneut rufen, doch die Frau ist bereits hinter dem nächsten Baum verschwunden und nicht mehr zu sehen.

„Oh nein, ", keucht sie, „bitte nicht. Das gibt es doch nicht."

Sie reißt sich zusammen, joggt so schnell es ihre Lungen und das Seitenstechen zulassen, in die Richtung der Frau. Als Missy an der Stelle ankommt, an der sie die Dame das letzte Mal gesehen hat, schaut sie suchend in alle Richtungen. Weit und breit ist niemand zu sehen.

Das einzige, was sie sieht, ist die Pfütze.

„Ach, dich kenn ich doch" sagt sie enttäuscht und erfreut zugleich, und kniet sich nieder.

„Auf ein Neues. Prost."

Missy trinkt so viel aus der Pfütze als möglich.

Sie hat sie fast ausgetrunken, da knallt es erneut. Missy verliert vor lauter Schreck das Wasser, dass sie gerade in ihren Händen hat.

Und nicht nur das Wasser.

Kapitel 10

Missy erwacht in ihrem Auto.

Wie ist sie hier her gekommen?

Sie ist sehr durcheinander und wie benebelt. Als sie langsam zu sich kommt, überlegt sie, warum sie wohl geschlafen hat, was überhaupt passiert ist. Sie sieht, dass es bereits dunkel geworden ist.

Es muss später Abend sein.

Schon wieder?

Was ist passiert?

Langsam kommen die Erinnerungen wieder.

Sie ist an der Pfütze gewesen und hatte sich deren Wasser geschöpft um ihren Durst zu stillen. Es ist, wie schon das erste Mal, nicht sonderlich lecker, aber besser wie nichts gewesen. Sie erinnert sich an das Mädchen, oder die Frau die sie scheinbar nicht gesehen hatte und weitergelaufen ist. Während dem Trinken aus der Pfütze hat Missy das Bewusstsein verloren. Sie kann sich an nichts mehr seit diesem Zeitpunkt erinnern.

Sie weiß noch, dass sie beim trinken überlegt hatte, wie es wohl wäre, wenn jetzt Zombies durch den Wald kämen und sie angreifen würden. Denn die Szene mit der Pfütze hatte sie massiv an ihre Lieblingsserie `Walking Dead` erinnert. Auch in dieser mussten die Überlebenden von Ricks Gruppe nach Wasser suchen. Haben sich teilweise richtig verdrecktes Wasser durch ein Stück schmutziges T-Shirt gefiltert, um einen winzig kleinen Schluck Wasser zu bekommen, wenn sie tagelang keine Vorräte mehr gefunden hatten. Glücklicherweise hatte es genau in dieser Folge angefangen zu regnen, als die Gruppe dem Austrockenen gefährlich nahe war.

Gute Idee übrigens, sollte es erneut Regnen werde ich auch schauen dass ich mir das Wasser irgendwie abfange, dachte sie.

In der Serie war eine Epidemie ausgebrochen. Die Folge dieser ist, dass alle verstorbenen Menschen als Zombies wieder auferstehen. Die

Serie ist nicht so doof gemacht wie die meisten Zombiefilme, die es inzwischen gibt. Die Untoten wurden sogar nach einem System kreiert. Je nach Staffel sind diese entsprechend weiter verfallen oder verwest, können entsprechend schneller oder langsamer laufen, die Hautfarbe oder auch der Verwesungsgrad verändert sich sichtbar. Zudem gibt es in der Serie eine Gruppe Menschen, die sich im Laufe der Staffeln gefunden hat, die gemeinsam ums nackte Überleben kämpft und mit der Zeit zu einer großen Familie wird. Gelegentlich war auch jemand gestorben, jedoch nicht immer nur durch Zombies. In dieser Serie ist alles zusammengebrochen und sowohl Essen als auch Trinken musste hart erkämpft, oder in der Natur gefunden werden. Wenn keiner mehr etwas herstellt, gehen auch die Vorräte in Häusern oder Lagerhallen mit der Zeit aus.

Missy gefällt die Serie auch deshalb so gut, weil sie der Meinung ist, so etwas kann wirklich passieren. Warum auch nicht? In einem Zeitalter der Umweltverschmutzung, der Tierversuche und der Atomenergie. In einer Zeit in der der Mensch alles Erdenkliche versucht, um seinen Planeten zu zerstören.

Wie oft hat sie sich bei einem Spaziergang mit Tommy durch den Wald vorgestellt, wie es wohl wäre wenn sie plötzlich ein Stöhnen hören würde, und ein halb verwester Mensch auf sie zu stolpern würde. Tommy hatte sich immer wieder mal einen

Spaß daraus gemacht, und sie in nichtsahnenden Momenten mit dem Geräusch erschreckt.

„Pass bloß auf!", hat sie ihn immer wieder gerügt. „Irgendwann hau ich dir auch ausversehen den Schädel ein."

Bei dem Gedanken läuft es ihr eiskalt den Rücken hinunter.

Nein, denkt sie, *das eine ist eine Geschichte. Was ich gesehen habe war echt. Das war kein Zombie, ich habe eine Frau gesehen. Zudem sollte ich mich meinem eigentlichen Problem widmen, hier, im Hier und Jetzt.*

Was jetzt zuerst zu klären ist, ist die Frage, was nach dem Trinken passiert ist. Beginnen sollte sie damit das Rätsel zu lösen, wie sie in ihr Auto gekommen ist.

Durch das viele Rennen und die Aufregung muss sie sich entweder überfordert, oder falsch geatmet haben.

Sie erinnert sich an etwas.

Was war das?

Es war laut. Genau. Es hat wieder geknallt.

Doch egal wie sehr sie noch grübelt, sie kann sich an nichts erinnern. Als hätte sie einen Filmriss.

Da, ein paar Gedankenfetzen.

Doch es ist wie, als würde sie sich nur an einen Traum erinnern. Sie kann nicht schwören, dass dies Teile einer Erinnerung, oder wirklich aus einem Traum sind.

Sie sieht sich, leicht verschwommen, vor ihrem Auto stehen. Sie meint dabei das Gefühl zu haben, als wären Tausende von Ameisen in ihren Fingern und Beinen. Ihr ist komisch und dann wird alles schwarz um sie herum.

Missy hat Kopfschmerzen. Sie muss mit dem Kopf auf den Boden, oder gegen ihren Ford geknallt sein. Gerade als sie an ihren Kopf fassen will, fällt ihr etwas Merkwürdiges auf. Zum einen kann sie ihren Arm nicht bewegen. Das ist noch das weniger Merkwürdige.

Was sie sieht, kann sie nicht glauben.

Sie sieht:

Menschen.

Außerhalb ihres Autos stehen Menschen.

Sie unterhalten sich, aber bemerken nicht, das Missy erwacht ist. Doch warum ist sie IN ihrem Auto? Und warum kann sie ihren Arm nicht heben? Selbst wenn der harte Aufprall auf den kalten, nassen Boden vor der Autotür kein Traum, sondern die Realität war, war sie immerhin VOR ihrem Wagen zusammengesackt. Sie muss außerhalb des Fords ohnmächtig geworden sein. Und dennoch ist sie eben IN ihrem Auto erwacht.

Ich versteh die Welt nicht mehr, denkt sich Missy.

Ob ich wie schlafgewandelt doch noch in mein Auto gestiegen bin? Vielleicht habe ich es einfach nicht mitbekommen. So muss es gewesen sein.

Dann sieht sie, dass die Knöpfe der Verriegelung nach unten gedrückt sind. Das heißt, das Auto ist verschlossen. Sie hat sich eingesperrt.

Dann kann das nicht sein, denkt Missy. *Ich muss im Auto umgekippt sein. Sicherlich habe ich mir den Gang in den Wald nur eingebildet. Das ist ja auch alles zu mysteriös. Möglicherweise habe ich mir den Kopf nicht am Boden, sondern am Lenkrad angestoßen und meine mich deshalb an einen Aufprall zu erinnern.*

Missy glaubt diese Theorie, denn immerhin ist sie sehr schwach. Scheinbar durch ihre Ohnmacht ist sie von ihrem Sitz ziemlich weit nach unten gerutscht. Sie liegt förmlich in ihrem Auto, fast schon im Fußraum. Der Kopf ist kaum höher als das Lenkrad. Doch was viel interessanter ist als die Tatsache, wie sie in ihr Auto kam, und ob sie vom Sitz gerutscht ist oder nicht, sind die Personen vor ihrem Auto.

Genau, Personen.

Menschen.

Ob ich einen Unfall hatte? Vielleicht habe ich mir diese ganze Horrorfahrt nur eingebildet. So muss es sein. Hoffentlich ist niemand verletzt. Hoffentlich bin ich nicht verletzt. Warum kann ich meinen Arm nicht bewegen. Warum ....

Missy versucht den anderen Arm zu heben... nichts.

Warum...

Missy versucht ihre Beine aufzustellen, um sich hoch zu stützen ... nichts.

Warum kann ich mich überhaupt nicht bewegen?

Panik steigt in ihr auf.

Es steht eine Gruppe von Leuten vor Missys Ford. Die Menschen kehren ihr den Rücken zu. Sie schauen nicht in ihre Richtung, nicht in ihr Auto. Sie stehen einfach da und unterhalten sich. Missy hört keinen Ton. Sie sieht lediglich wie sich die Lippen der Menschen bewegen.

Ist sie noch zu müde oder zu erschöpft? Oder sind die Scheiben dicker als gedacht und die Menschen reden zu leise?

Oder… oder bin ich so schwer verletzt, dass ich nichts mehr hören kann?

Was auch immer es ist, die Menschen stehen direkt neben dem Auto. Sie haben sie also gesehen. *Aber… also bitte… Entschuldigung…*

Die Menschen lachen. Missy hört es nicht, sie sieht es nur.

…was ist denn so lustig an meiner Situation? Warum lachen die Leute?

Sicher haben sie bereits einen Krankenwagen und die Polizei gerufen. Die Autotüren sind schließlich abgeschlossen und die Menschen können so nicht selbst zu Missy ins Auto, um ihr zu helfen. Doch dafür, dass im Auto eine bewusstlose, und inzwischen ziemlich ungepflegte Frau liegt, sind die Personen recht locker und ruhig. Kein wenig besorgt, oder nach einem Krankenwagen Ausschau haltend. Das ist doch kein normales, menschliches Verhalten? Man findet am Straßenrand eine mit Schlamm verschmierte, ohnmächtige, in ihrem Fahrzeug eingeschlossene junge Frau und lacht?

Missy ruft: „Hallo, Gott sei da..."

... Was ist das? Es kommt kein Ton aus ihrem Mund.

Sie versucht erneut sich aufrappeln, doch es geht nicht. Sie kann sich nicht bewegen.

Hey Leute, ich bin wach. Schaut doch mal einer her, denkt sie.

Doch niemand achtet auf sie.

Ein merkwürdiges, beklemmendes Gefühl überfällt Missy. Sie schreit so laut sie kann, strampelt so kräftig sie kann, zumindest fühlt sie so. Doch nichts tut sich. Kein Ton kommt aus ihrem Mund, keine Bewegung geht durch ihren Körper. Nicht einmal ein kleines Zucken.

Was ist nun...?

Die Leute drehen sich, jedoch nicht zu ihr. Sie laufen langsam weg.

„Nein...stopp!"

Doch Missy kann sich immer noch nicht bewegen, kein Ton bekommt das Mädchen heraus. Sie sieht nicht, ob Autos gehalten haben, ob die Personen durch den Wald und über das Feld gekommen sind und auch nicht, wohin sie gehen. Sie sieht nicht, ob die Polizei oder ein Krankenwagen gekommen ist. Sie hört auch nichts. Sie versucht mit aller Macht und Kraft sich bemerkbar zu machen. Dabei verausgabt sie sich, leider ohne Erfolg.

Es endet damit, dass sie vor Entkräftung wieder in eine Ohnmacht fällt.

Kapitel 11

Missy wird wach.
Sie kann nicht abschätzen wie lange sie dieses Mal weggetreten war.
Es ist noch dunkel draußen.
Umgehend kommt die Erinnerung an die Menschen um ihr Auto wieder und sie rafft sich auf. Glücklicherweise kann sie sich wieder bewegen. Sie schaut sich um. Doch sie sieht:
Nichts.
Nichts und niemand.

„Das gibt es doch nicht", sagt sie vor sich hin. „Dann muss ich mir das eingebildet haben. Es war doch niemand da. Aber es war, ja es war so real…! War es nur ein Traum?"

Sie entscheidet sich dafür, nicht länger hier an diesem furchtbaren Ort stehen zu bleiben, sondern weiter zu fahren. Also rafft sie sich auf, schnallt sich an und startet den Motor. Der kleine Ford ruckelt etwas als der Motor aufheult. Das ist nichts Neues für Missy. Sie blinkt und schaut wieder erst in alle Spiegel und dreht ebenso den Kopf, bevor sie auf die Fahrbahn einlenkt. Schließlich gelten die Regeln auch in merkwürdigen Situationen. Und das ist sie momentan für Missy. Definitiv.

Wieder unterwegs auf der Autobahn sucht sie nach einer Nothaltebucht mit einem Notfalltelefon. Sie ist fest entschlossen um Hilfe zu rufen. Ihr ist es inzwischen egal, ob die Leute sie für verrückt halten. Ob sie Anhaltspunkte hat, oder nicht. Was hat sie schon zu verlieren? Lieber in die Klapsmühle als weiter auf dieser Strecke fahren. Wenn Sie hier noch weiter ohne zu wissen wo sie ist herumfährt, herumsteht oder im Wald herumläuft, kommt sie auch nicht weiter. Ferner geht sie davon aus, dass diese Notrufsäulen sicher eine Standortkennung haben. Das müssen sie, nicht jeder kann in jeder Situation, beispielsweise unter Schock, erklären, wo er gerade ist. Davon abgesehen wird Missy immer schwächer, da sie seit Stunden nichts gegessen oder getrunken hat. Bis auf das bisschen Brühe aus der Pfütze, sofern sie sich das nicht eingebildet hat. Vielleicht sogar seit Tagen. Wer weiß das schon. Den Lichtverhältnissen zu Folge sind schon ein paar Tage vorbei, seit sie losgefahren ist. Das kann ja aber auch nicht sein. Oder doch?

Sie ist sehr müde, trotz dass Sie scheinbar schon einige Male geschlafen hat. Wirklich geschlafen war das jedoch nicht. Ist Ohnmacht wie Schlaf? Erholt sich der Körper? War es überhaupt eine Ohnmacht? Sie weiß es nicht. Missy muss sich beim Fahren sehr anstrengen, die Augen offen zu halten und Ausschau nach einem Notfalltelefon zu halten.

Glücklicherweise erhellt sich der Himmel, es scheint Vormittag zu werden. So fällt es ihr etwas leichter die Umgebung nach einem Telefon abzusuchen.

Immer wenn sie denkt, eines gesehen zu haben, bekommt sie Herzrasen und stellt dann kurz bevor sie bremst fest, dass es sich nur um einen kleinen Baum, einen Strauch oder lediglich einen Begrenzungspfosten, einmal sogar nur um eine Halterung von einem Schild gehandelt hat.

Die Dämmerung verfliegt sehr schnell, und Tageslicht umgibt die Gegend. Aber nicht nur das empfindet sie für sehr merkwürdig, auch, dass es bisher auf der ganzen Strecke keine Verkehrszeichen oder Ortsschilder gab und scheinbar auch keine kommen. Dies wird ihr erst in diesem Moment bewusst. Die Haltung des Schildes hat sie darauf gebracht. Was das wohl für eins war? Wer hat es wohl abgeschraubt und warum?

Vor lauter Überlegen nimmt sie fast nicht den Gegenstand vor ihr war. Doch da, da ist… kann das denn sein… ja wirklich, hier ist wirklich…

Ein Notfalltelefon.

Sie tritt in die Eisen.

Die Reifen quietschen.

Fast hätte Missy das Telefon nicht gesehen und wäre daran vorbei gefahren. Ein orangener Kasten, der durch seine Verschmutzung, die wohl von den

Abgasen her rühren, keineswegs grell aufleuchtet. Es ist auch etwas Dämmerlich, es muss sehr früh sein. Doch da steht es. Das Telefon, das auf den ersten Blick durch seine Form an eine Ampel erinnert. Anstelle des roten Lichts ein dunkler Kreis, in dem die Kamera sitzt. Der weiße Aufkleber in der Mitte, auf dem dick „SOS" steht und ein Telefonhörer abgebildet ist. Das weiß ist eher grau, aber es ist noch zu erkennen. Unten die Sprechanlage mit dem Knopf, auf den Missy gleich drücken wird, und endlich Hilfe bekommt.

Natürlich ist sie ein paar Meter weiter gerollt, doch das ist okay. Es ist schließlich nichts los auf der Straße. Sie steht bereits auf dem Seitenstreifen als sie den Rückwärtsgang einlegt und einige Meter rückwärtsfährt. Missy kann es kaum fassen und hat vor lauter Aufregung schweißnasse Hände.

Sie stoppt den Wagen.

Dreht den Schlüssel um.

Legt den ersten Gang ein und zieht die Handbremse.

Sie macht das immer so. Tommy versucht ihr immer wieder vorzuschreiben, dass nur den Gang einzulegen völlig ausreicht.

„Das ist meine Sache", sagt sie ihm jedes Mal, auch jetzt, obwohl sie alleine ist. „Ich fühle mich so eben wohler. Und basta."

Ein kurzer Anflug von Traurigkeit erreicht sie.

Doch dafür ist nun keine Zeit.

Sie steigt aus dem Auto, hastet auf wackligen Beinen zu dem Telefon und drückt nervös und verzweifelt die Taste und spricht:

„Hallo, hallo, hört mich jemand? Hallo, hallo, bitte, bitte kommt jemand, bitte holt mich jemand. Hallo? Sie, ich stecke in großen Schwierigkeiten, ich habe mich verfahren, ich weiß nicht wo ich bin. Bitte helfen Sie mir, ich möchte nur noch nach Hause."

Doch als Antwort kommt...

Nichts.

Keine Reaktion aus dem Notfalltelefon.

Nach einigen Sekunden, die Missy wie eine Ewigkeit vorkommen und sie fast schon die Hoffnung aufgegeben hat, ist ein kleines Rauschen zu vernehmen.

Sie wird von einem Glücksgefühl durchflutet und ruft erneut: „Hallo, hören Sie mich, hallo, ist da jemand? Bitte, bitte hören Sie mich? Bitte, bitte helfen Sie mir."

Doch es folgt nur ein leichtes Knacken mit nach wie vor merkwürdigen Geräuschen.

„Bitte, bitte, ich habe großen Hunger und ich habe Angst! Bitte helfen Sie mir, ich weiß nicht wo ich bin."

Doch es folgt abermals nichts als erneut nur ein Rauschen.

Nach unzähligen Versuchen gibt sie letztendlich auf. Das Rauschen hat sich zwischendurch wie ein Klicken angehört, aber mehr als das kam nicht aus dem Kasten. Irgendwann verstummte das Telefon komplett, und aus dem Lautsprecher tönte nur gähnende Stille. Traurig und enttäuscht schleicht Missy zu ihrem Auto und steigt ein. Sie schließt die Tür und starrt nach draußen.

Sie verharrt so einige Minuten in dieser Position, den Autoschlüssel in der Hand.

Ob mich dennoch jemand gehört oder gesehen hat? Durch die Kamera? Dann sollte sich bereits jemand auf den Weg hierher befinden. Ich werde etwas warten, denkt sie.

Sie wartet.

Es muss inzwischen Mittag sein.

Doch wer weiß das schon genau.

Sie wartet.

Erschrocken zuckt sie mit dem Kopf nach oben.

Sie ist kurz eingenickt.

Es klirrt.

Ihr Schlüssel ist auf den Boden gefallen. Sie schiebt ihren Sitz zurück, damit sie besser ran kommt. Ertastet sich das letzte Stück unter dem Sitz. Das ist kein Schlüssel. Das ist…

„Wow!", ruft sie. „Ein Segen."

Ein alter Schokoriegel befindet sich in ihrer Hand. Das Mindesthaltbarkeitsdatum bereits überschritten und alles andere als eine typische Schokoriegelform, er ist schließlich schon mehr als einmal durch die Heizung im Auto warm geworden und wieder abgekühlt, ist dieser Riegel das Größte für Missy.

Gierig schlingt sie in hinunter.

Sie krabbelt auf den Boden, hebt den Schlüssel auf und untersucht die Stelle unter ihrem Sitz nach weiteren Schätzen.

Ohne Erfolg.

Sie setzt sich wieder auf den Sitz, steckt den Schlüssel ins Zündschloss.

Sie wartet.

Als sie davon überzeugt ist, dass niemand mehr kommt, kann sie nicht mit Gewissheit sagen, wie lange sie im Auto gesessen und gewartet hat. Ob es zwei, vier oder vielleicht sogar acht Stunden waren. Ob sie eventuell wieder eingeschlafen war. Denn als sie sich aufrafft um ihre aktuelle Situation zu verändern und einen nächsten Schritt zu wagen, fällt ihr auf, dass es bereits wieder etwas dunkler wird.

Was mache ich nun? denkt sie sich und entscheidet sich dafür, ein anderes Notfalltelefon zu suchen.

Vielleicht war dieses hier einfach kaputt.

Aufgeben ist nicht, denkt sie sich und startet, mal wieder, den Motor.

Missy fährt los. Langsam, um den Sprit zu sparen. Die Tanknadel befindet sich immer noch ungefähr in der Mitte der Anzeige.

„Was stinkt hier denn so?", fragt sie sich laut, nachdem sie wie üblich mit allen Sichtkontrollen auf die Autobahn aufgefahren ist als sie merkt, dass die Handbremse noch gezogen ist.

„Mist, verdammter!", ruft sie laut und löst den Hebel.

Tommy hätte sich jetzt einen gemeinen Spruch nicht verkneifen können.

Doch er ist nicht da.

Missy ist alleine.

Sie fährt fast unaufmerksam die Straße entlang, erdrückt von der Müdigkeit die aus der Anstrengung der letzten Tage resultiert, als es wieder dämmert. Ein leichtes Grau umgibt sie und ihr Fahrzeug. Es ist nicht dunkel wie die Nacht, doch auch nicht mehr so hell wie am Tage. Sie schaltet das Licht ihres Wagens ein.

Plötzlich entdeckt sie etwas Ungewöhnliches.

Erst ist es ihr nicht richtig bewusst, was da vor ihr auftaucht.

Gedanklich zwischen vor sich hin dämmernd wie die Umgebung und auf die Straße schauend starrt sie auf das, was am Horizont vor ihr auf taucht.

Vor ihr, mitten auf der Straße, immer näher kommen.

Dann geht alles sehr schnell.

Sie kommt mit ihren Gedanken im Hier und Jetzt an, ein riesen Schreck fährt ihr durch Mark und Bein.

Sie reißt die Augen auf und schreit laut auf.

Tritt in die Eisen, macht eine Vollbremsung.

Ihre Augen sind weit aufgerissen, die Nasenflügel aufgeplustert und jeder Muskel in ihrem Körper angespannt.

Sogar die Luft hält sie an und fühlt mit der Bremsung des Autos mit.

Sie stemmt sich mit ihrem ganzen Gewicht in den Sitz, als ob sie dem Ford damit dabei helfen könnte, die Bremsung schneller zu vollziehen.

Gleich ist es zu spät.

Missy möchte gerade die Hände vor und über ihren Kopf schlagen, als ihr Auto gerade noch rechtzeitig zum stehen kommt.

Unter Schock stehend starrt Missy total verwirrt aus der Frontscheibe.

Ob sie atmet oder vor Schreck die Luft angehalten hat, ist ihr in diesem Moment nicht klar. Auch nicht, dass sie eine riesige Bremsspur auf der Straße hinterlassen hat. Sie kann es nicht fassen was sie sieht.

Vor ihr eröffnet sich ein riesiger Spalt in der Straße.

Der Spalt zieht sich über die komplette Straßenbreite. Wie weit er nach hinten reicht, kann sie nicht erkennen. Doch so weit, dass er das Auto und Missy locker in seiner Dunkelheit verschlungen hätte. Missy sieht in dem Spalt nichts außer Schwarz.

Nachdem sie sich von dem Schreck erholt hat, steigt sie langsam und vorsichtig aus ihrem Auto aus. Die Tür lässt sie offen, das Licht lässt sie an.

Missy geht sehr langsam auf den Spalt zu. Mit vorsichtigen Schritten nähert sie sich dem Abgrund und bleibt circa einen Meter vor ihm stehen. Missy zittert am ganzen Körper und erneuter Angstschweiß bildet sich, diesmal nicht nur auf ihrer Stirn. Auch die Hände werden feucht und eiskalt. Langsam tastet sie sich in Minischritten zentimeterweise an den Spalt heran. Sie schlurft, hört sich dabei wie ein Zombie an. Darüber lachen kann sie momentan jedoch nicht.

Als sie am Rand des Spaltes angekommen ist, schaut sie hinunter in das quer über die Straße verlaufende Loch.

Hinein in das Dunkel.

In das Unfassbare.

In die Leere.

In diesen riesigen Schlund der Straße.

Sie kann nichts erkennen.

„Oh Scheiße, was ist das nun schon wieder?"

Lange steht Missy an dem Spalt und kann nicht fassen was sie da sieht. Inzwischen ist es dunkel geworden. Ob es diesmal wieder so lange gedauert hat, kann sie nicht sagen. Es interessiert sie in diesem Moment auch nicht. Doch etwas anderes interessiert sie. Dieser riesen Spalt im Boden und wie sie da, verdammt nochmal, darüber kommen soll.

Missy kann nicht abschätzen wie tief es abwärts geht.

Wäre jedoch nicht ganz ohne Sinn, wenn ich das wüsste, denkt sie sich und überlegt, wie sie die ungefähre Tiefe des Spaltes herausfinden könnte.

Sie sucht einen Stein auf der Straße. Dazu entfernt sie sich wieder etwas von dem Spalt. Sie sieht nicht sehr viel. Zwar sind die Lichter ihres Autos noch an, aber diese erhellen auch nicht die komplette Straße und blenden sie teilweise. Doch sie wird fündig. Wenige Zentimeter neben der Mittelleitplanke findet sie einen circa sechs Zentimeter großen Stein. Sie hebt ihn auf, dreht sich zum Spalt. Ähnlich wie eben tastet sie sich in Minischritten zum Spalt, schlurft Zentimeter für Zentimeter soweit es geht und sie sich nach vorne traut.

Als sie wieder am Rand des furchterregenden Loches in der Straße angekommen ist, wirft sie den Stein hinein. Missy hält die Luft an und schließt ihre Augen, um den Aufprall bloß nicht zu verpassen. Zudem sind die anderen Sinne geschärfter, wenn die Augen geschlossen sind. *Habe ich mal irgendwo gelesen.*

Sie lauscht, und lauscht, doch sie hört…

Nichts.

Der Spalt scheint nie zu enden.

Nach gefühlten fünf Minuten schnappt Missy panisch nach Luft.

„Scheiße!", ist alles was ihr dazu einfällt. „So eine verdammte Scheiße!"

Nach einer Weile greift Missy mit ihren Händen in die Haare, zieht daran und krümmt sich nach vorne. Sie bricht in sich ein, geht in die Hocke. Sie erinnert an ein trauriges kleines Kind, dessen Hund und bester Freund soeben verstorben ist. Stille Tränen laufen ihr über das Gesicht, tropfen Träne für Träne auf den Asphalt. Missy schaut ihnen nach, wie auf dem Boden tropfen und zeitgleich verpuffen.

„Was ist das hier, lieber Gott, sage mir, für was willst du mich bestrafen? Ich will doch einfach nur nach Hause! Nach Hause", schluchzt sie vor sich hin. „Was hab ich Böses getan, dass ich das verdient habe?"

So weint Missy eine Weile vor sich hin. Nach wenigen Minuten kann sie sich in dieser unbequemen Situation nicht mehr auf den Beinen halten, rollt ein wenig nach hinten und landet somit auf ihrem Hintern. Sie schlingt die Arme um ihre Knie und weint nun laut. Es ist so aussichtslos und es geht nicht mehr vorwärts. Sich zu beruhigen fällt ihr angesichts der Situation schwer. Der Spalt ist mindestens zwei Meter breit und geht über die komplette Fahrbahn. Zurück zu fahren macht wenig Sinn, sie weiß nicht einmal, wie lange sie schon unterwegs ist. Ob Stunden oder gar Tage, sie weiß es nicht. Ihr schmerzen alle Muskeln und der Magen knurrt fürchterlich. Ihre Kleidung ist inzwischen zwar durch die Heizung des Wagens getrocknet, dennoch ist der Boden kalt. Und nicht nur der Boden, es ist generell nicht sonderlich warm. Sie fühlt sich krank. Ihr Kopf glüht, ihre Glieder schmerzen. Sie hat das Gefühl als wären ihre Nasennebenhöhlen zugeschleimt. Alles Folgen des Weinens? Oder ist sie inzwischen Opfer einer Grippe geworden.

Nach einiger Zeit des befreienden Weinens kommen keine Tränen mehr. Leer. Kein Wasser mehr im Tränenkanal.

Missy setzt sich langsam wieder auf und ihre Atmung beruhigt sich.

„Reiß dich zusammen, Mädchen!", ermahnt sie sich kurz darauf selbst, nach dem sie wieder normal atmen kann und ihre Nase laut hochgezogen hat. „Ich bin eine starke, mutige Frau!"

Sie überlegt was nun zu tun ist.

Zurück? Nein. Vorne ist ein riesengroßer Spalt in der Erde. Vielleicht sollte sie einfach mal runter klettern, und schauen, was da unten ist?

„Idiotisch", sagt sie laut auflachend. „Niemals. Ich geh jetzt erst einmal in mein Auto zurück. Dann schau ich weiter."

Doch die Neugierde packt sie. Missy geht ganz nah an den Spalt, schaut hinein. Die Dunkelheit macht es ihr nicht leichter, sie erkennt einfach nichts.

„Nein!", ruft sie laut. „Guggen ist ja ok, aber ich sehe nichts. Nein, ich werde definitiv da nicht hineinklettern. Ich bin zwar mutig, aber doch nicht bescheuert. Auch wenn ich denke schon längst den Verstand verloren zu haben. Ich werde nicht in dieses Loch klettern, mitten in der Straße, ohne Licht, ohne Boden. Dann fahre ich doch lieber wieder zurück. Was glaube ich denn dort unten zu finden? Einen Sack voll Gold? Haha, damit kann ich momentan auch so viel anfangen. Essen könnte ich es nicht. Wahrscheinlich ist dort unten alles voller Schlangen und Ungeziefer. Oder ich lande in einer noch durchgeknallteren Welt, wie bei Alice im Wunderland. Nein, nein."

Gerade möchte Missy sich umdrehen und zu ihrem Auto laufen, als just in diesem Moment dieser inzwischen bekannte, doch jedes Mal aufs neue erschreckende, fürchterlich laute Knall ertönt.

Lauter denn je donnert der Knall Missy um die Ohren.

Sie erschrickt fürchterlich, zuckt zusammen.

Stolpert, wankt und wedelt mit ihren Armen wild um sich herum.

Sie droht das Gleichgewicht zu verlieren, bekommt Panik.

Schreit, denkt gerade, dass sie es geschafft hat, als sie sich nicht mehr halten kann.

Sie stürzt.

Fällt in den Spalt hinein mit dem Rücken voraus.

Sie fällt und fällt, sie schreit und schreit.

Während des Falles wird ihr schwarz vor Augen.

Sie verliert das Bewusstsein.

Kapitel 12

Als Missy erwacht, sieht sie nur dunkel um sich. Langsam kommt die Erinnerung wieder. Sie war in das Loch gestürzt, das mitten in der Straße unschätzbar tief nach unten ging.

Ob ich tot bin? Sie zwickt sich in den Arm.

„Au!"

Sie lebt. Missy atmet und das Zwicken schmerzt sie. Also lebt sie. Panik kommt in ihr auf. Doch als sich ihre Augen an die Dunkelheit gewöhnen und sie sich etwas beruhigt hat, merkt sie, dass sie auf einer Wiese, auf dem Hügel neben der Autobahn liegt. Der Hügel neigt sich von der Fahrbahn her nach oben, sodass sie von unten nicht sehen konnte was dahinter liegt. Sie liegt mit dem Blick nach vorne, sieht die Straße vor sich, sieht ihr Auto. Ihr blauer Ford Fiesta steht nicht mehr mitten auf der Fahrbahn, so wie sie ihn verlassen und als letztes gesehen hat, sondern parkt auf dem Seitenstreifen.

Sie fragt sich wie sie da auf den Hügel gekommen ist, denn das Letzte an das sie sich erinnert ist, dass sie in das Loch gefallen ist. In diesen riesengroßen, merkwürdigen Spalt in der Straße. Wie kommt sie hierher? Wie kommt das Auto auf die Seite? Was ist passiert, während sie weggetreten war? Kopfschmerzen plagen sie. Ein Druck auf den Hinterkopf, der leicht pulsiert. Ob sie mit dem Kopf auf den Boden aufgeschlagen ist?

Ob sie jemand gerettet hat, das Auto auf die Seite gestellt und sie hier hoch auf den Hügel geschleppt hat?

„Hallo?" ruft sie. „Ist da jemand?"

Doch niemand antwortet.

Blödsinn, denkt sie. *Wer würde sowas machen und dann wegfahren.*

Sie schaut nach dem Spalt in der Straße, doch sie sieht: Nichts.

Es ist zwar dunkel, aber nicht so dunkel, dass sie ihn nicht sehen würde, wenn er noch da wäre. Dennoch muss sie das überprüfen. Der Spalt muss noch da sein. Wenn nicht wäre das natürlich besser, aber dann würde das heißen…

„Ich werde verrückt. Nein, ich *bin* verrückt. Ich muss verrückt sein. Ich kann mir das alles doch nicht eingebildet haben, verdammt nochmal.", sagt sie kopfschüttelnd vor sich hin.

Sie fühlt, tastet sich ab, bemerkt jedoch glücklicherweise keine schwere Verletzung. Weder eine Beule, noch eine Schramme, keinen blauen Fleck. Zumindest bisher. Blaue Flecke machen sich meist erst später bemerkbar. Selbst die Kratzer von den dornigen Hecken sind bereits fast verheilt.

„Merkwürdig." sagt sie. „Das ist doch gar nicht so lange her. Ob ich jetzt Superkräfte habe?"

Missy fängt laut an zu lachen, als sie sich vorstellt, eine von den Marvel's The Avengers zu sein, reibt sich die Augen und rappelt sich langsam auf. Sich von der Lachattacke beruhigend, kommt sie zum sitzen.

Was für eine Kacke. Ich bin in der beschissensten Situation meines Lebens und denke an Superhelden und lache mich kaputt. Was stimmt mit mir nicht. Aber gut, das ist wahrscheinlich mein Selbstschutzprogramm im Gehirn, um mich vor der totalen Katastrophe zu bewahren. Also dann müsste ja gleich Thor kommen um mich zu küssen, denkt sie hoffnungsvoll, wohl wissend, dass dies sicher nicht passieren wird. *Geküsst werden die hilfebedürftigen Opfer. Und das bin ich schließlich. Ich bin kein Superheld, ich bin eine arme dumme Nuss in Not. Ich bestehe also auf Rettung inklusive dem Schmachtkram der dazu gehört.*

Gegen einen Besuch von Chris Hemsworth hätte sie zumindest jetzt wirklich nichts einzuwenden. Auf den bösen Loki könnte sie jedenfalls verzichten. Wobei dieser Tom Hiddleston in seiner Verkleidung manches Mal auch nicht so unattraktiv ist. Im Film sind alle immer herausgeputzt, in der Wirklichkeit sehen alle ganz anders aus und sind Menschen wie wir alle. Aber wenn Iron Man sie nun nach Hause fliegen wollte, würde sie nicht nein sagen. Egal ob Robert Downey Jr. in dem Anzug stecken würde, oder nicht. Aber am allerliebsten wäre es ihr, wenn Tommy hier wäre und sie nach Hause brächte. Wenn überhaupt irgendjemand käme und sie zu retten.

„Schluss damit Mädchen, komm mal wieder in der Realität an", sagt sie sich.

Doch welche Realität? Sie weiß nicht mehr, was real ist und was nicht.

Der Boden ist feucht vom Regen, und es fröstelt sie etwas. Sie steht auf und läuft den Hügel hinunter zu ihrem Wagen. Als sie auf der Autobahn ankommt fällt ihr auf, dass es dämmert und langsam heller wird. Missy schlurft langsam an ihrem Auto vorbei, schaut nach links auf die Autobahn. Natürlich kommt niemand. Sie betritt die Fahrbahn, geht die Meter zu der Stelle, an der sie die Stelle des Spaltes glaubte. Nichts. Kein einziger Kratzer im Boden.
Kopfschüttelnd macht sich Missy auf zu ihrem Wagen. Sie greift an den Türgriff, möchte einsteigen, doch die Tür ist verschlossen.

„Oh verdammt, was ist denn nun schon wieder verkehrt. Wie mir diese ganze Scheiße auf den Sack geht!", ruft sie laut. „Immer ist irgendwas. Immer kommt noch was dazu, ist es nicht langsam mal gut?"

Sie greift in ihre Jackentasche, doch der Schlüssel ist weg.

Prüft die Hosentasche: Nichts.

Kein Schlüssel da.

Sie hält erschrocken inne.

Greift tiefer in die Tasche...kontrolliert alle Taschen, greift sogar in ihre Schuhe. Nichts.

Sie sucht nochmals in allen Jackentaschen, es könnte ja ein Loch darin sein und der Schlüssel ist bis runter in das Jackeninnere gerutscht. Sowas ist ihr schon einmal passiert. Missy tastet sich komplett von oben bis unten ab. Nichts.

„Oh nein, oh nein, oh nein, das gibt es doch nicht", ruft sie laut.

Das Mädchen, sich nun nicht mal annähernd wie eine Superheldin fühlend, läuft total aufgebracht um ihr Auto außen herum, sucht vor dem Auto, neben und unter dem Auto. Sogar auf dem Autodach schaut sie, doch nirgends ist der Schlüssel zu finden. Sie schaut überall, keine Chance. Sie rüttelt noch mal an der Tür, aber sie lässt sich nicht öffnen.

Missy starrt einfach nur auf ihr Auto und versteht die Welt nicht mehr. Sie weiß nicht, was sie machen soll. Es mischen sich Gefühle von Zorn, Trauer und Verzweiflung in ihr. Missy lässt alles noch einmal Revue passieren. Erst hielt sie vor einem merkwürdigen Spalt in der Straße, der nun verschwunden ist. Sie hatte einen Stein hineingeworfen, konnte aber keinen Aufprall hören. Daraufhin wollte sie umkehren und in die andere Richtung wieder zurückfahren, als sie durch den Knall gestolpert, und in den Spalt gestürzt ist. Ab da weiß sie nichts mehr. Das Auto war zu dem Zeitpunkt aus, die Tür weit offen, das Licht angeschaltet. Jetzt, als sie auf dem Hügel neben der Straße erwacht ist, steht ihr Auto verschlossen auf dem Seitenstreifen. Kein Licht an, keine Spur von dem Schlüssel und auch nicht von diesem ominösen Spalt.

Sie starrt vor sich hin.

Überlegt, ob sie irgendetwas übersehen hat. Ob sie nur eingeschlafen ist, das alles nur geträumt hat? Aber wo ist dann der Schlüssel?

Ha, ich hab´s, denkt sie und schaut hoch zum Hügel. *Sicher habe ich ihn dort verloren.*

Missy sprintet den Hügel hinauf, hält an der Stelle an der sie gelegen hat, als sie erwachte. Sie kniet auf den Boden und sucht alles ab, dreht jeden Grashalm um. Sieht sogar die Stelle, an der sie vorhin noch gesessen hat. Es ist ein leichter Abdruck auf dem Boden.

Doch es ist nirgends ein Schlüssel zu sehen.

Auch im Umkreis von einigen Metern ist nichts. Hinter dem Hügel geht es etwas bergab, einer trockenen Fläche mit einzelnen Büschen folgen einige Bäume. Weiter hinten ein Stück Wald. In diesem ist kleiner Trampelpfad zu sehen, der durch diesen dem Anschein nach hindurch führt. So weit geht sie jedoch nicht. Lediglich einige Meter auf dem kahlen Boden, und einige Büsche sucht sie ab. Ohne Erfolg. So geht sie wieder auf den Hügel. Krabbelt auf allen vieren suchend den Weg zurück zum Auto, doch findet nicht die Chance, in ihren Ford zu steigen und ihre Fahrt fortzusetzen.

Kein Schlüssel.

Sie durchsucht nochmals alles ums Auto. Den Boden, die Reifen, das Auto selbst. Kleine Versteckmöglichkeiten an der Karosserie. Probiert nochmal alle Türen und den Kofferraumdeckel. Ohne Erfolg. Sie untersucht die Straße einige Meter um das Fahrzeug. Die Stelle an der noch vor kurzem ein mysteriöser Spalt in der Straße prangte.

Nichts.

Sie krabbelt also wieder zurück, den Hügel hinauf. Durchsucht nochmals den Boden, das Gras, die Büsche.

Nichts.

Nach bestimmt zwei Stunden des Suchens, zumindest würde sie die vergangene Zeit so einschätzen, gibt Missy auf und läuft zu ihrem Auto zurück. Der Wagen ist natürlich immer noch abgeschlossen und sie lehnt sich mit dem Rücken an das kalte Blech, schaut auf die verlassene Autobahn und starrt hoffnungslos vor sich hin.

Plötzlich: ein lauter Knall.

Schon wieder.

Total erschrocken rastet Missy dieses Mal aus und tritt gegen ihr Auto.

Wieder, und wieder.

Sie lässt all ihren Zorn über den Schreck, der ihr wieder durch alle Knochen gefahren ist, durch die Tritte raus. Trommelt gegen die Scheiben.

Ihre Kraft lässt schnell nach, die Tritte und Schläge werden schwächer und sie sackt in sich zusammen, rutscht langsam in die Hocke und fängt bitterlich zu schluchzen an. Ohne Tränen.

„Es tut mir leid, Auto, mein guter Fiesta. Ich weiß, du kannst nichts dazu. Ich bin mit den Nerven am Ende. Warum gehst du nicht auf. Wo sind meine Schlüssel. Was sind das für beschissene Dinge, die hier passieren."

Erschöpft von den Umständen lehnt Missy an der Seite ihres Autos, die Hände um ihre Beine geschlungen und den Oberkörper eng an die Oberschenkel gedrückt, und döst etwas weg.

Kapitel 13

Nach einer Weile, wie lange kann sie selbstverständlich erneut nicht abschätzen, erwacht Missy. Inzwischen ist es hell geworden. Zumindest das hell, dass sie die letzten Tage, sofern es Tage sind, begleitet. Sonnenstrahlen hat sie seit ihrem Horrortrip zu den Krähen nicht mehr gesehen.

Sie sitzt immer noch auf dem Boden neben ihrem kleinen Wagen auf der Autobahn.

„Oh mein Gott", sagt sie. „Zum Glück ist heute mal nicht so viel los auf der Straße", folgt leicht ironisch aus ihrem trockenen Mund. „Sonst wäre ich sicher überfahren worden, oder es wäre jemand über meine Beine gerollt, die schön auf der Fahrbahn liegen. Wobei, so wie heutzutage alle fahren... hätte mich jemand sicher ganz abgeräumt. Glotzen ja alle beim Fahren auf ihre beschissenen Smartphones und tippen drauf rum oder nehmen Sprachnachrichten auf."

Missy besitzt auch so ein Teil. Natürlich. Wer nicht. Aber beim Autofahren? Niemals.

Naja, inzwischen niemals.

Einmal, es ist inzwischen einige Jahre her, circa dreieinhalb bis vier Jahre schätzungsweise, hatte sie es ein einziges Mal versucht. Sie wollte während dem Fahren eine Nachricht tippen. Damals gab es noch nicht die Sprachnotiz Messages von WhatsApp. Es war wichtig, für sie zumindest. Missy war gerade frisch mit Tommy zusammengekommen und war dabei, sich zu einem Date zu verspäten. Aus Angst, das mit den beiden könnte nichts werden wenn sie ihn versetzte zwang sie sich damals dazu, es zu versuchen. Doch bei dem Versuch, die Nachricht in ihr Gerät zu tippen kam sie von der Straße ab. Bis auf einen Schreck ist ihr nichts passiert, denn seitlich der Straße war es glücklicherweise relativ flach. Doch das Erlebnis und der Schock hatten sie seit diesem Zeitpunkt davon abgehalten, solche Versuche jemals zu wiederholen.

„Es ist nicht mehr ganz so dunkel wie noch vor ein paar Stunden. Der Tag scheint anzubrechen. Mal wieder.", sagt Missy. „Wie viele Tage und Nächte bin ich eigentlich unterwegs? Dieser komische Tag- Nachtwechsel ist mir sehr suspekt.

Mir kommt es ewig vor, aber eigentlich kann es nicht länger als eine Nacht gewesen sein. Oje", sagte sie mit einem entsetzen Unterton. „Was wird Tommy nur denken? Ob er sich sorgt, oder denkt, ich bin bei einem Anderen? Wie soll ich ihm das nur erklären? Das glaubt er mir doch im Leben nicht was ich bisher durchgemacht habe auf dieser Höllenfahrt! Wie soll ich es auch beweisen?"

Missy rappelt sich auf und streckt sich ein wenig. Ihre Knochen schmerzen, der Rücken tut ihr höllisch weh. Ihr Magen knurrt und sie hat einen so extrem trockenen Hals, dass ihr das Schlucken bereits Anstrengung bereitet. Sie fühlt sich außerdem schmutzig, und würde alles für eine heiße Dusche geben, damit dieses durchgefrorene Gefühl verschwindet. Missy schnüffelt ein wenig unter ihre Jacke in Richtung ihrer Achseln.

Puh, ist alles was ihr dazu einfällt.

Wie gerne würde sie ihre Kleidung wechseln. Doch das ist nicht alles. Nicht nur sie riecht etwas streng. Die ganze Umgebung scheint zu stinken.

„War das die ganze Zeit schon so?", fragt sie sich. „Zumindest ist es mir bisher nicht aufgefallen."

Aber es stinkt wirklich. Sie kann nicht mal beschreiben nach was. Es riecht zum Teil modrig, zum Teil streng und beißend in der Nase. Es ist ein unfassbar widerlicher Geruch der von Sekunde zu Sekunde intensiver wird. Schleichend. Doch nach einigen Minuten, in der der Gestank kontinuierlich unangenehmer geworden ist, wird es Missy davon schlecht.

„Das riecht ja schlimmer als Tommys dreckige Socken, wenn er von einem Fußballspiel kommt." ruft sie angewidert.

Der Gestank ist inzwischen fast unerträglich, so dass bei Missy bereits der Würgereflex einsetzt. *Nicht schlimm*, denkt sie sich. *Was sollte ich denn auskotzen.*

Sie hat seit Stunden, *oder Tagen?* nichts gegessen. Doch bevor es soweit kommt, dass sie ihr bisschen, was noch im Magen ist, vielmehr diese ekelhafte Magensäure nach außen katapultiert, passiert es erneut.

Es knallt.

Lauter denn je.

Missy erschreckt sich zu Tode.

„Verdammte Scheiße hör auf zu knallen.", ruft sie. „Hör endlich auf zu Knallen! Was ist das überhaupt, wer macht das? HÖRT AUF DAMIT!", schreit Missy aus aller Kraft.

Doch niemand hört sie.

Vor lauter Schreien bemerkt sie erst gar nicht, dass der ekelhafte Geruch mit einem Mal verschwunden ist. Erst nach 1 bis 2 Minuten, die sie braucht um ihren Herzschlag als einigermaßen normal einzuschätzen, denkt sie an die Situation mit dem Geruch. Sie hebt den Kopf, zieht laut die Luft durch ihre Nase. Doch sie riecht: Nichts.

Verwirrt dreht sie sich zu ihrem Auto, öffnet die Tür und ist in just diesem Moment darüber erstaunt. Die Tür lässt sich öffnen. Sie hatte gerade in dem Moment, als sie den Türgriff aus Reflex gedrückt hat wieder daran gedacht, dass der Wagen verschlossen ist und sie den Schlüssel nicht findet.

„Äh, okay…", sagt sie vor sich hin, steigt wenn auch verwundert, schnell ein, bevor sich wieder etwas an der Situation ändert.

Als sie sitzt, schließt sie die Tür. Sie ergreift das Lenkrad und schaut nach vorne.

So sitzt sie eine ganze Weile.

Missy denkt nach.
Es nutzt ja alles nichts, ich kann im Auto sitzen, schön und gut. Aber ohne Schlüssel?
Missy grübelt weiter.

„Ich sollte nochmal nach dem Schlüssel suchen", sagt sie nach einer Weile und öffnet entschlossen die Autotür. „Und zwar bevor es wieder dunkel wird! Da das Auto nun offen war, finde ich ihn vielleicht. Inzwischen halte ich nichts mehr für unmöglich."

Sie steigt aus, stellt sich neben ihr Auto und riecht kurz in die Luft, kommt sich vor, wie ein Hund und schmunzelt deshalb kurz. Alles normal, sofern hier alles normal sein kann. Zumindest stinkt es nicht.

Missy untersucht noch einmal den Boden rund um den Ford. Anschließend läuft sie noch einmal auf den Hügel hinauf. Nicht nur der Schlüssel ist ein erforderliches Muss. Inzwischen muss sie sich erleichtern und noch etwas zum Trinken suchen, sie ist am Verdursten. Während sie den Hügel auf der anderen Seite hinunter läuft, die Fahrbahn ist nun nicht mehr zu sehen, und nach etwas sucht, was sie trinken kann, entdeckt sie am Ende des Hügels nach dem Stück vertrockneten Boden den kleinen Trampelpfad.

„Stimmt, da war ja was. Habe ich vorhin, als ich ihn von weitem gesehen habe, gar nicht mehr weiter beachtet. Pfade und Wege sind immer gut, sie deuten auf Menschen hin.", sagt sie.

Missy folgt dem kleinen Pfad und kommt so in den kleinen Wald. Nicht ganz so groß und dicht bewachsen wie der Wald den sie das letzte Mal abgesucht hat, aber genau kann sie das nicht abschätzen. Fit fühlt sie sich nicht. Missy hat immer noch dieses Gefühl, als wäre ihr ganzer Kopf innerlich geschwollen und vereitert. Immerhin ist es inzwischen hell. Sofern das hell genannt werden kann. Gemütlich ist es nach wie vor nicht, grau und trüb.

Sie folgt dem Pfad und schaut sich nach etwas Essbaren, sowie Wasser um.

Bei dem ersten größeren Busch erleichtert sich Missy. Es kommt nicht allzu viel, aber es ist dennoch eine Erleichterung.

„Pfui, Teufel. Ich habe eindeutig zu wenig getrunken. Das erkennt man ja sofort am Geruch der Pisse", sagt sie. „Aber ich kann ja auch nichts dafür. Sicher finde ich da vorne um die Ecke ein Kisok."

Mit einem ironischen Schmunzeln auf dem Gesicht zieht sie sich so schnell es geht die enge Hose hoch und schiebt den Hosenknopf durch das vorhergesehene Knopfloch. Inzwischen sitzt sie glücklicherweise nicht mehr so extrem eng als noch zu Beginn ihrer Fahrt.

Das ist normal bei den Jeans, nach einigen Tagen leiern sie aus, denkt sie. *Habe aber auch nicht viel gegessen die letzte Zeit. Ob sich das jetzt schon bemerkbar macht?*

Es knallt.

Missy zuckt in sich zusammen.

Hebt langsam mit einem zornigen Blick den Kopf.

Sie rollt genervt ihre Augen und stöhnt kräftig, während ihr Herz Sprünge macht.

Nach kurzer Zeit hat sie sich von dem Schreck erholt.

Ich werde mich nie daran gewöhnen, denkt sie. *Aber mein Herz schlägt nicht mehr so lange nach dem Krach so laut, als noch bei den ersten Malen. Ich stumpfe wohl ab.*

Missy erschreckt sich, als es in ihrer Nähe raschelt. Fast hätte sie sich den Knopf ihrer Hose abgerissen.

Oder auch nicht, denkt sie zitternd.

Als der Schauer über ihren Rücken gezogen ist, zieht sie den Reisverschluss der Jeans hoch und schaut sich um, kommt die wenigen Schritte hinter dem Busch hervor und glaubt ihren Augen kaum.

Ein Mädchen.

Dieses Mal nicht so weit weg wie die Frau neulich, die sie in dem anderen Waldstück gesehen hat. Nur wenige Meter trennen die beiden. Das Mädchen trägt die gleiche Kleidung wie die Frau von neulich, doch Missy ist so aufgeregt, dass ihr das nicht auffällt.

Ein Mädchen, das gibt es doch nicht! denkt sie.

Es ist so. Missy kann kurz das Profil von ihr ausmachen. Sie müsste so in ihrem Alter sein, schätzt sie.

Sie möchte rufen, doch das Mädchen ist bereits hinter dem nächsten Baum verschwunden.

Mist, denkt sie sich. *Schnell hinterher.*

Das Mädchen ist für Missy nicht mehr zu sehen.

Missy rennt ihr in die Richtung nach, in der sie verschwunden ist. Durch ihre stündlich weiter schwindende Kraft kommt sie leider nicht sonderlich schnell vorwärts. Dennoch schafft sie es, etwas aufzuholen. Immerhin kann sie das Mädchen nun wieder sehen.

Schnell ruft sie: „Hallo, warte bi...", und erschreckt erneut.

Aus ihrem Mund kommt kein einziger Ton.

„Hallo... „

Nichts.

Die Stimme ist nur in ihren Gedanken.

Zu hören ist: Nichts.

Das Mädchen bleibt stehen, schaut auf den Boden, dreht sich ruckartig um. Schaut in Missys Richtung, und obwohl beide nur wenige Meter voneinander entfernt stehen, schaut sie durch Missy durch, als wäre sie gar nicht da. Als wäre Missy unsichtbar, dreht sie sich wieder um und läuft weiter.

Missy stockt der Atem.

Sie bleibt abrupt stehen.

Die sieht ja aus wie ich!

Vor lauter Schreck sieht sie dem Mädchen dabei zu, wie es sich immer mehr von ihr entfernt. Als sie sich etwas gefangen hat versucht sie, etwas zu sagen, bekommt jedoch immer noch keinen Ton heraus. Schnell nimmt sie die Verfolgung wieder auf, nähert sich mit großer Anstrengung dem Mädchen. Sie möchte nach ihr greifen, ihr auf die Schulter tippen doch sie kommt nicht an sie ran. Egal wie schnell sie läuft und auch wenn nur wenige Zentimeter zwischen ihrem Arm und der Schulter des Mädchens liegen, sie kann sie nicht berühren. Sie streckt ihren Arm so lange aus wie sie nur kann. Es funktioniert nicht. Sie gibt alles, sammelt ihre ganze Kraft und versucht so schnell wie nur irgendwie möglich zu laufen, sich zu strecken.

Ohne Erfolg.

Es fühlt sich an, als würde sie einen Magnet auf einen anderen drücken wollen.

Das Mädchen muss etwas bemerkt haben. Sie bleibt erneut stehen. Sie schaut auf den Boden, als würde sie ihren Schatten suchen. Nach wenigen Sekunden dreht sie sich erschrocken um, schaut jedoch wieder durch Missy durch. Sie reißt den Kopf mit aufgerissenen Augen nach rechts, nach links, sucht die Umgebung ab. Sie scheint Missy nicht zu sehen, doch nach etwas, oder jemandem, zu suchen.

Missy winkt dem Mädchen wie eine Geisteskranke um auf sich aufmerksam zu machen. Sie kommt sich vor wie diese ganzen Schickimicki Tussis in den Clubs, über die sie und Tommy sich immer wieder köstlich amüsieren. Immer wenn eine Gruppe der genannten Mädls beisammen stehen und eine neue auf der Bildfläche auftaucht, geht das Gewinke los. Gefolgt von einem dicken Grinsen, lauten lachen und „Haaaaaaaiiiiii! Naaaaaa, wie geeeeehts? Alles klaaaar?"

Furchtbar.

Doch mehr als winken kann Missy nicht. Und nach grinsen ist ihr definitiv nicht. Sie schaut wie sieben Tage Regenwetter, als wäre sie kurz vorm weinen.

Wie gerne würde sie rufen, doch es geht nicht.

Es kommt immer noch kein Ton aus ihrem Rachen.

Das Mädchen lässt sich von Missys Winkerei nicht beeindrucken, dreht sich um und rennt davon als hätte sie einen Geist gesehen.

„Halt, so warte doch!", möchte Missy ihr zurufen. Was gebe sie dafür, diese Worte laut aussprechen zu können.

Doch das Glück ist ihr nicht hold. Kein Wort verlässt ihren Mund.

Sie bekommt Schweißausbrüche. Einen Schub nach dem anderen.

Was soll ich nur tun?

Das fremde Mädchen ist inzwischen weg.

Missy sinkt zu Boden. Sie versteht die Welt nicht mehr.

Die hat wirklich große Ähnlichkeit mit mir. Ich habe scheinbar einige Doppelgänger, oder ein Allerweltsgesicht. Ob ich mir das eingebildet habe? Ist das der Hunger oder der Durst? Wahrscheinlich. Mein schwacher Körper und mein erschöpfter Geist haben sich einen Spaß daraus gemacht, mir mal wieder einen Streich zu spielen, denkt sie. *Oder war das doch so ein ominöser Doppelgänger? War da wirklich ein Mensch? Und ich habe sie entkommen lassen. Sie hat mich doch nicht gesehen… oder ist sie vor mir geflüchtet? Dachte sie ich bin eine Geisteskranke, entflohen aus dem Knast oder einer Klapse? Kommt ja ab und an in den Nachrichten. „Achtung, Mann aus Nervenheilanstalt entlaufen". Die armen verwirrten Menschen. Aber ich bin doch nicht verwirrt. Ich möchte doch nur nach Hause. Ich werde es wohl nie erfahren ob das Mädchen echt war oder nicht.*

Erst letzte Woche hat eine Arbeitskollegin Missy angesprochen und sie gefragt, ob sie heute schon eine Stunde eher zur Arbeit erschienen wäre. Als Missy verneinte war sie total durcheinander.

„Ich hätte schwören können, dass du das warst. Ich habe mich noch gewundert, dass du nicht zurückgegrüßt hast. Da war eine, ich schwöre, die hat ausgesehen wie du", hatte die Kollegin sehr verwirrt zu ihr gesagt. Das Krankenhaus ist groß und es arbeiten sehr viele Menschen dort. Natürlich kennen sich nicht alle aus allen Abteilungen. Geht auch gar nicht bei so vielen Mitarbeitern und Schichten. Aber das es dort Mitarbeiter geben soll, die sich zum verwechseln ähnlich sehen?

Vielleicht war das jetzt einfach nur ein blöder Zufall, denkt sich Missy, als ein lauter Knall sie wieder ins Hier und Jetzt zurückbefördert.

„Diese verdam… hey. Wow. Es… es geht wieder. Ich kann wieder reden."

Missy überlegt ob sie nochmal nach dem Mädchen suchen soll. Sie nimmt die Beine in die

Hand und rennt so schnell sie kann einige hundert Meter. Weit und breit ist kein Mensch zu sehen.

Sie gibt auf und verabschiedet sich von dem Gedanken, das Mädchen zu finden.

Okay, was auch immer oder wer auch immer sie war, ich muss etwas zu Trinken finden. Ich bin am austrocknen. Wahrscheinlich sehe ich deshalb auch Gespenster.

Sie schaut sich um. Durch die Rennerei hat sie den Weg verlassen. Der Waldboden ist bedeckt mit Blättern und Ästen. Sie sieht den Weg von weitem, geht auf diesen zu. Sie schaut sich weiter um. Der Boden hier ist viel grüner als im anderen Wald. Sie sieht Moos und viele verschiedene Pflanzen, die sowohl auf dem Boden, als auch auf alten Baumstämmen wachsen. Als sie sich so auf dem Boden umschaut bemerkt Missy, dass die Gräser und das Moos auf dem Waldboden, scheinbar durch den Morgentau, etwas feucht sind.

Das habe ich schon einmal im Fernsehen gesehen, bevor die Leute verdursten, haben sie den Tau von den Blättern gelutscht. Das mache ich jetzt auch. Ich bin am Verdursten und habe so wie es scheint bereits Wahnvorstellungen. Vielleicht ist das alles nur Einbildung, vielleicht liege ich gerade im Auto und schlafe. Ich weiß nur eins: Das wird mir kein Mensch glauben. Wenn ich anfange von Hügeln, Feldern und Bäumen zu erzählen werden die Leute denken ich spinne und sich langweilen. Und was werden sie erst von meinen Versuchen, im Wald nach Nahrung zu suchen, halten? Das ich verrückt bin. Das es mir Recht geschieht. Das ich spinne. Ist das denn so? Spinne ich? Oder träume ich?

Missy zwickt sich in den linken Unterarm.

„Autsch!"

Kapitel 14

Als Missy sich etwas besser fühlt, sie hat inzwischen einige Gräser von ihrem Morgentau befreit und ist sich mehr als dumm dabei vorgekommen, die abzuschlecken, läuft sie zurück durch den Wald. Sie findet schnell den Trampelpfad, der aus dem Wald zum Hügel führt, überquert diesen jedoch nicht. Sie bleibt oben stehen und richtet ihren Blick auf die Umgebung. Sucht in Zeitlupentempo Zentimeter für Zentimeter den Horizont ab ohne etwas Auffälliges oder Interessantes zu finden. Sie setzt sich auf den inzwischen leicht kühlen Boden und lässt das eben erlebte Revue passieren. Ihr Blick schweift dabei nochmal in die Ferne, doch die Aussicht verrät ihr nichts Neues über den Istzustand hier.

Zu viele merkwürdige Dinge geschehen hier, denkt sie sich.

Um dem Ganzen noch die Krone aufzusetzen, wird es aktuell erneut etwas dunkler, so dass der Tag sich schon wieder gen Ende zu neigen scheint.

Wie das wohl sein kann? Kein Zeitgefühl haben, hin oder her, es herrscht ein zu schneller Tag-Nacht Wechsel für die Normalität. Doch was ist schon Normalität. Was wichtiger für sie ist als diese unbeantwortbare Frage ist eine unausweichliche:

Wie geht es weiter?

Als es zu nieseln beginnt wird es Missy zu ungemütlich.

„Jetzt setze ich mich doch lieber in meinen Wagen", sagt sie und steht auf.

Sie setzt sich in ihren geliebten Ford und schaut dabei reflexartig auf das Lenkrad und das danebenliegende Zündschloss. Dabei sieht sie, sie kann es kaum glauben, den Schlüssel stecken.

Mit offenem Mund nimmt Missy die Situation wahr und nachdem sie es einigermaßen hingenommen hat, dass der Schlüssel jetzt eben wieder da ist, entscheidet sie sich dazu, weiter zu fahren. Solange sie das kann, jetzt, mit Schlüssel, sollte die Möglichkeit auch genutzt werden. Also startet sie den Motor und fährt los, wenn auch sehr langsam, denn schwach und zittrig ist sie immer noch. Missy ist nicht mehr allzu müde, sie hat ja schließlich ein kleines Nickerchen hinter sich, auch wenn das bereits wieder etwas her ist. Kaputt ist sie dennoch, und auf andere Weise müde.

Erschöpft.

Das trifft es wohl am ehesten.

Nach gefühlten fünfzig Kilometern fahren versucht sie ein weiteres Mal ihr Glück an dem Radio. Doch es kommt nichts, nicht einmal mehr ein Rauschen. Eine Notfallbucht mit Telefon hat sie auch nicht mehr gesehen. Weder Tier noch Mensch, kein Auto, nicht einmal ein Motorradfahrer ist unterwegs. Es ist etwas düster, denn es ist wieder neblig geworden.

„Wie unheimlich das doch aussieht", sagt Missy leise. „Wenn ich doch wenigstens Musik hören könnte. Außerdem, wie soll ich bei dem Nebel denn die Rehe sehen, die möglicherweise durch den Wald, der immer mal wieder auftaucht, auf die Straße rennen."

Missy sieht wieder viele Bäume sacht durch den Nebel schimmern. Ihr ist bereits einmal ein Reh vor den Wagen gelaufen. Das war vor ungefähr fünf Jahren, da hatte sie den Fiesta noch nicht. Das war noch mit ihrem vorherigen Auto gewesen. Sie hatte drei Tage später vor, ihre Versicherung von Teilkasko auf nur Haftpflicht herunterstufen, als ihr in einer ähnlich vernebelten Nacht, nein, es war früh morgens, ein Reh vor das Auto rannte. Sie konnte so schnell nicht bremsen und es hatte fürchterlich geknallt. Sie hat es noch aus dem Wald laufen sehen, doch bevor sie reagieren konnte, hat es einen lauten Schlag getan und es war zu spät. Zuerst war sie ein paar Meter weitergefahren, aus Schock, sie stand etwas neben sich. Es war ihr erstes Tier gewesen, das sie angefahren hatte und bisher glücklicherweise ihr letztes. Nachdem sie die Polizei angerufen hatte, die alles weitere erledigten, musste sie noch einige Zeit warten. Als der Streifewagen ankam, konnte sie den Unfallort verlassen. Ein Förster hat sich um das tote Tier gekümmert und Missy konnte mit ihrem Auto glücklicherweise noch in die Werkstatt fahren. Aber es wäre mächtig teuer geworden, im vierstelligen Bereich, hätte sie nicht noch ihren Wagen mit Teilkasko versichert.

„Da hab ich mal wirklich Schwein gehabt", sagt Missy bei der Erinnerung an damals.

Aber sie sieht kein Reh weit und breit.

Dafür sieht sie etwas anderes.

Etwas Ungewohntes.

Etwas, was sie bisher noch nicht gesehen hat auf ihrem Horrortrip.

Die Straße, sie ist anders.

Sie sieht:

Eine leichte Kurve.

Nach rechts.

„Wow!", schreit sie. Aus Erschöpfung wird dieses Schreien jedoch nicht sonderlich laut.

„Das ist ja mal eine Veränderung. Vielleicht kommt nun bald mal eine Ausfahrt, eine Stadt oder einfach irgendwas, das nach Leben aussieht. Nein, nicht vielleicht. Es muss eine Ausfahrt kommen. Es wird. Es wird eine Ausfahrt kommen. Ich habe es geschafft."

Adrenalin pumpt durch Missys Körper und spendet ihm neue Energie.

Doch die Kurve bleibt Kurve.

Sie folgt dem Straßenverlauf.

Das Lenkrad leicht nach rechts gehalten.

Die Kurve scheint endlos.

Und so schnell ändert sich daran nichts.

Nach einer gefühlten Minute, was in einer leichten Kurve verdammt viel ist, bekommt Missy Herzrasen.

Sie denkt sich: *Das kann doch nicht wahr sein. Eine Kurve muss doch irgendwo hinführen. Wenn sie nicht aufhört, würde das ja heißen, ich fahre im Kreis.*

Doch es verändert sich nichts. Missy kann nicht weit sehen, sie sieht nur Bäume, Nebel, die Leitplanke in der Mitte der Autobahn und das die Straße eine leichte Kurve macht. Inzwischen ist es dunkel wie in der Nacht. Doch der Mond erhellt die Umgebung, dass es nicht komplett schwarz erscheint. Bis auf den Nebel ist es eine klare Nacht. Sie kann nicht hinter die Kurve schauen und sie fährt konstant. Doch es tut sich nichts. Sie achtet auf die Bäume. Sie verändern sich von der Höhe her, von der Dichte des Waldes, also der Menge der Bäume her. Es sind unterschiedliche Bäume, sofern sie das erkennen kann. Ab und an sieht sie einen Busch oder eine Hecke.

Nach einer Weile meint sie zu glauben, dass sich die Aussicht wiederholt.

„Scheiße, fahre ich im Kreis?", sagt sie. „Wie ist das möglich? Vielleicht bilde ich mir das auch nur ein. Vielleicht bilde ich mir das alles nur ein. Möglicherweise liege ich im Krankenhaus, mein Körper wird nur durch Maschinen am Leben erhalten und ich bin auf dem Weg ins Jenseits."

Ein merkwürdiges Gefühl macht sich in ihr breit.

„Keiner kann genau sagen wie das abgeht, wie es sich anfühlt, was man sieht. Realität ist das hier jedenfalls nicht. Aber tot sein möchte ich nun wirklich nicht. Dann muss ich kämpfen. Ich will nicht sterben. Ich werde diese Hölle durchstehen, ich werde all meine Kraft aufbringen um mental nicht aufzugeben. Ich schaffe das. Was auch immer ich gerade durchmache."

Das etwas an dieser Situation nicht stimmt, ist Missy bewusst. Der ganze Ausflug ist doch nicht normal. Die ganze Strecke, die sie bisher gefahren ist, war nicht normal. Alles, was sie bisher auf dieser Tour erlebt hat, ist nicht normal. Warum sollte sie sich über eine Kurve wundern, die nie endet? Oder in Frage stellen, ob sie wirklich körperlich hier ist?

Missy möchte sich nicht weiter verrückt machen. Sie nimmt die Situation an, wie sie kommt und fährt die Kurve weiter. Solange, wie sie eben geht. Und wenn es noch Kilometer sind, die diese Kurve entlangführt, dann ist das eben so.

Ist zumindest mal was anderes, denkt sie sich.

Nach einer Ewigkeit, Missy kann nicht abschätzen ob es zehn Minuten, dreißig Minuten oder sogar eine ganze Stunde war, endet die Kurve und die Straße wird zu einem gerade Streckenabschnitt. Die Autobahn liegt kerzengerade vor ihr, wie schon seit Anbeginn ihrer Horror-Tour. Nach wenigen Metern auf dem geraden Stück prüft Missy den Rückspiegel. Sie kann keine Kurve erkennen. Auch der Seitenspiegel zeigt die Autobahn, ein endloses gerades Stück, ohne auch nur eine kleine Kurve.

„Alles klar Missy, solltet du je nach Hause kommen schläfst du erst einmal einhundert Jahre durch, oder lässt dich in die Klapse einweisen", sagt sie sich selbst.

Kapitel 15

Nach scheinbar weiteren Stunden, denn es wird langsam heller, tauchen am Rand der Autobahn erneut Bäume auf. Missy sieht in der Ferne den nächsten Wald näher kommen.

Na immerhin, denkt sie sich.

Nach der Kurve die möglicherweise keine war, hat Missy auf der ganzen Strecke nur trostloses, unbewachsenes Land am Straßenrand gesehen. Naja, fast unbewachsen. Ab und an zog mal ein Busch oder Strauch, die alle jedoch sehr trostlos ausgesehen haben, an ihrem linken Autofenster vorbei. Wald sieht wenigstens etwas lebendiger aus. Es könnte sich im Wald Leben befinden. Essen, oder etwas Wasser. Rehe, Hasen oder Wanderer.

Da sie sich erleichtern möchte, entscheidet sie sich, einen Platz zum halten zu suchen. Ferner möchte sie ein weiteres Mal in den Wald hinein, um Beeren oder Pilze zu suchen. Diesmal ist sie schließlich an einer anderen Stelle als noch vor Stunden, oder Tagen, oder wann auch immer das war.

Irgendetwas muss sie schließlich tun.

Irgendwo muss sie ja rauskommen.

Irgendwann muss sie doch auf Menschen treffen.

Oder eben die Hufe gen Himmel strecken. Und wenn dies so sein soll, dann wird es wohl unvermeidbar sein. Doch bis dahin wird sie so lange und so gut es geht nach einem Ausweg suchen. Und da sie mit ihrem Auto alleine weit und breit ist und sie keine Ahnung hat, wo und wann sie jemals wieder zurückfindet, hat sie sonst auch nicht sonderlich viele Möglichkeiten. Sie könnte auch einfach stehen bleiben und abwarten. Aber dazu ist der Kampfgeist und der Wille, nach Hause zu ihrem Tommy zu kommen und auch der Überlebenswille, einfach zu groß. Die Hoffnung stirbt zu letzt. Und warum nicht anhalten, schließlich muss sie mal, und Hunger hat sie auch. Mehr denn je.

Es ist inzwischen hell geworden, etwas gräulich, wie immer. Es scheint keine Sonne, und doch ist es hell. Es scheint Tag zu sein.

Sie verlässt die Autobahnfahrspur, fährt auf den Seitenstreifen und parkt ihr Auto.

„Auf ein Neues!"

Sie zieht den Schlüssel ab, steckt ihn tief in ihre Hosentasche und geht, die Hand zur Sicherheit in der Hosentasche, den Schlüssel fest umschließend, in Richtung Wald. Es ist immerhin Tag, so scheint es zumindest. Das macht es etwas einfacher.

Hinter dem erstbesten Busch erleichtert sie sich.

So ein Schwachsinn, es ist weit und breit niemand zu sehen, und ich verstecke mich trotzdem hinter einem Busch, denkt sie sich.

Missy zieht ihre Hose nach den paar abgesonderten Tropfen, die sie als Morgentoilette auf dem Boden verteilt, und sie sich etwas abgeschüttelt hat, wieder hoch.

Wie das wohl aussieht, eine Frau in der Hocke und schüttelt ihren Hintern hin und her, denkt sie mit einem leichten Schmunzeln.

Missy vergewissert sich, dass ihr Autoschlüssel noch da ist und läuft weiter in den Wald hinein. Sie sieht nichts anderes als kahle Bäume. Auf dem Boden entdeckt sie zumindest etwas Moos.

Das ist schön anzusehen, denkt sie sich. *Leider habe ich dafür momentan wirklich nicht die Aufmerksamkeit und die Zeit, mich an so einem schönen Anblick zu ergötzen. Ich habe Hunger, und Moos... naja giftig wird es nicht sein oder? Bevor ich gar nichts anderes habe... ich werde es mal im Hinterkopf behalten.*

Es gibt immer mehr Büsche auf ihrem Weg, auch mit einigen Blättern. Die Bäume wirken zwischenzeitlich ebenfalls etwas grüner. Es scheint wohl nicht komplett trostlos zu sein. Nach wenigen weiteren Schritten fällt ihr Blick auf etwas weiß-braunes, schwammiges einige Meter weiter im Wald. Sie geht in die Richtung, und nach einigen Metern geht ihr Herz auf.

Pilze!

In großen Sätzen hechtet sie zu dem Glücksfund, sie ist kaum zu bremsen. Schnell hat sie alle Pilze die sie findet gepflückt und sich in den Mund gesteckt. Herzhaft kaut sie dieses köstliche Mahl. Diese Sorte Pilze sind ihr bekannt und Missy weiß, dass sie nicht giftig sind.

Und selbst wenn sie giftig wären, ich glaube momentan wäre mir das scheißegal, denkt sie sich, während sie zufrieden kaut.

Als die Mahlzeit beendet ist, sprich, keine Pilze mehr zu sehen sind, rafft sich Missy auf, versucht den Dreck von ihren Knien zu reiben. Das Gröbste bekommt sie weg, doch leichte braune Flecken bleiben bestehen. Sie leisten den Grasflecken ihrer Jeans Gesellschaft, die seit der Schlüsselsuchaktion auf dem Hügel die Hose zieren.

„Kacke, die Flecken bekomme ich nicht mehr heraus. Aber was soll das... es gibt wirklich Schlimmeres", sagt sie sich. „Also Scheiß drauf!"

Während sie das ausspricht muss sie automatisch an den Urlaub auf Mallorca denken. Aber nicht einfach nur Mallorca. Natürlich der Ballermann. Tommy wollte dort hin.

Natürlich.

Etwas zufriedener durch ihr soeben getätigtes Frühstück und mit einem Ohrwurm der Melodie des Liedes „Scheiß drauf, Malle ist nur einmal im Jahr" im Kopf, läuft sie weiter. Die wenigen Pilze die sie gefunden hat, konnten ihren Hunger nicht wirklich stillen. Es ist eher eine Portion für den hohlen Zahn als ein Frühstück gewesen, aber besser als nichts.

Noch ist nicht aller Tage Abend, denkt sie und schaut sich um, kann aber außer Wald nichts erkennen.

Keine Tiere, keine Menschen, keine Wanderwege mit Schildern, nichts.

Besser als so eine Horde Krähen, wie vorhin, denkt sie sich.

Sie achtet auf ihre Umgebung, merkt, dass es nicht nur hell geworden ist. Es ist etwas Merkwürdiges an der Farbe der Luft, des Himmels. Als ob die Sonne sich doch noch einen Weg durch das triste Grau des Himmels gedrückt hätte und nun die Erde etwas bestrahlt. Sonnenstrahlen sind nicht zu sehen, es ist ein etwas außergewöhnliches Licht. Missy achtet darauf, sich die Richtung zu merken in die sie geht. Schließlich möchte sie wieder zurückfinden.

Genauste Umgebungsanalyse ist hier gefragt. Bäume mit außergewöhnlichen Formen, Büsche, das Moos auf dem Boden das immer wieder zu finden ist. Stämme und Äste auf dem Boden. Den einen oder anderen Ast legt sie sich auf dem Boden zurecht und kommt sich dabei vor wie Hänsel aus dem Märchen „Hänsel und Gretel", allerdings hat sie keine Brotkrumen.

Das warme Licht wird immer intensiver. Irgendetwas stimmt hier nicht. Alles um sie herum färbt sich nach und nach leicht rot.

Nicht die Bäume, nicht der Boden.

Die Luft.

Auf manchen Blättern der Büsche schimmert es. Doch es werden immer weniger Blätter. Umso weiter sie geht werden die Büsche Blattloser. Auch die Bäume werden stets kahler, fast wie am Anfang des Waldes.

Ob ich gleich wieder aus dem Wald rauskomme? Bin ich im Kreis gelaufen?

Doch der Wald endet nicht. Eine kahle Baumlandschaft, getunkt in ein warmes orange-rot bis zum Horizont. Durch die karge Landschaft kann Missy weit sehen, es ändert sich nichts. Nur kahle Pflanzen. Sie kehrt um, läuft wieder zurück. Die blätterreichen Pflanzen lassen jedoch auf sich warten. Trostlos sieht es aus. Selbst der Boden ist nicht mehr so schön mit Moos bewachsen, es scheint, als wäre lediglich nackte Erde auf dem

Boden. Dunkle Erde, wie in einem Garten, einem Blumenbeet, oder einem…

Grab.

Missy läuft es bei dem Gedanken eiskalt dem Rücken herunter. Sie lenkt sich ab indem sie sich auf die warme Farbe konzentriert.

Erst scheint es ein normales Sonnenaufgangsrot zu sein, doch es wird immer kräftiger. Ihr ist der Übergang bisher noch nicht so aufgefallen, aber inzwischen ist die Luft fast zu einem knalligen Rot geworden. Manchmal wirkt es wie ein orange-rot. Kräftig.

Ein Rot wie Feuer.

Missy hat kein Zeitgefühl, kann nicht abschätzen wie lange es gedauert hat bis zu diesem kräftigen Rot. Die Bäume haben kaum Blätter, die Umgebung bleibt trostlos. Ob sie in eine falsche Richtung gelaufen ist? Sie geht einige Schritte mehr nach links. Doch ändert es nichts an der Situation.

Nach einer Weile bleibt Missy stehen und dreht sich, schaut in alle Richtungen. Außer den kahlen Bäumen ist alles um sie herum in kürzester Zeit blutrot geworden.

„Das kann nicht die Sonne sein.", sagt sie.

Missy schaut in den Himmel, doch sieht die Sonne nirgends.

„Was ist hier nur los?"

Es antwortete ihr, wie immer, niemand. Es scheint inzwischen, als sei die ganze Welt außer den Bäumen rot. Alles. Der Himmel, die Luft, sogar der Boden, alles ist rot. Knallrot. Nur die kahlen Bäume stechen in schwarz heraus.

„Wo sind die Blätter?", fragt sie sich laut. „Wir haben Frühling. Es ist noch nicht alles erblüht, aber einiges. Zumindest gibt es keine kahlen Bäume um diese Jahreszeit!"

Doch egal in welche Richtung sie schaut, sie sieht nur kahle Bäume. Missy bleibt stehen und lauscht, ein leises Knistern ist zu hören. Sie kann das Geräusch erst nicht zuordnen. Sie schließt ihre Augen um sich besser konzentrieren zu können. Sie lauscht, langsam kommt ihr das Geräusch bekannt vor. Sie lauscht noch etwas konzentrierter.

Dann nach kurzer Zeit fällt es ihr wie Schuppen von den Augen.

„Feuer!!!", schreit sie.

Missy reißt die Augen auf, wirft panisch vor Aufregung ihren Kopf von einer auf die andere Seite.

„Das ist das Knistern von Feuer! Oh mein Gott. Was hat das zu bedeuten? Ob hier in der Nähe Leute campen? Oder ein Förster alte unbrauchbare Stämme verbrennt? Was auch immer, irgendwo ist ein Feuer. Ich sollte, nein, ich muss nachschauen!"

Missy rennt los, voller Hoffnung. Sie riecht in die Luft. Sie riecht nichts. Keinen Qualm, keinen Rauch... Das Knistern, das hört sie nach wie vor. Es klingt zwar leise, doch irgendwie, als wäre es direkt um sie herum. Sie kann nicht bestimmen wo genau es herkommt, wo genau sich das Feuer befinden muss. Sie rennt und rennt, doch niemand kreuzt ihren Weg. Kein Mensch ist in ihrer Nähe. Sie biegt nach links ab, nach einer Weile wieder nach rechts. Immer nur minimal, damit sie die grobe Richtung aus der sie gekommen ist nicht verliert. Einen wirklichen Weg gibt es nicht, sie findet jedoch auch nicht die grüne, blätter- und moosreiche Stelle an der sie zu Beginn des Waldes war. Hier wird sie nicht fündig. Sie dreht erneut um, läuft in die Richtung, in der sie das Feuer vermutet. Sie läuft und läuft, wird schneller, doch kein Mensch in Sicht.

„Hallo? Hallo, ist da wer? Ich brauche Hilfe!", ruft Missy.

Keiner antwortet. Sie rennt weiter, doch die Kraft lässt nach. Sie hat bis auf die paar wenigen Pilze seit Ewigkeiten nichts gegessen, nichts getrunken und so wird sie langsamer, bis sie sich nur noch mit erschöpften Schritten weiter schleppt, die Beine schwer wie Blei. Irgendwann, sie hat mittlerweile die Stelle erreicht, an der sie das erste Mal umkehrte, und ist auch einige Meter weiter gelaufen, bleibt sie müde stehen.

„Ich kann nicht mehr", jammert sie leise vor sich hin. „Hier ist weit und breit niemand. "

Missy schwitzt mittlerweile fürchterlich, dachte aber bisher, dies käme vom anstrengenden Marsch durch den Wald. Sie setzt sich kurz auf den Boden um zu verschnaufen.

Sie sitzt schon eine ganze Weile, die schnelle Atmung hat sich beruhigt, doch der Schweiß läuft nach wie vor an allen möglichen Körperstellen herunter. Missy bekommt Angst. Sie lauscht und bemerkt, dass das Knistern lauter geworden ist. Es hört sich an, als käme es immer näher.

„Oh mein Gott!", sagt sie, „Ich bin in der Hölle gelandet, es kann nicht anders sein. Alles ist so knallrot und unreal, kahle Bäume im Frühling, keine Tiere, keine Sonne, keine Menschen und keine Geräusche außer dem Knistern eines Feuers, welches immer näher zu kommen scheint. Keine Gerüche liegen in der Luft, und diese unerträgliche Hitze! Ich bin in der Hölle und das Feuer wird mich einholen! Ich werde wahrscheinlich verbrennen!"

Missy möchte zurücklaufen. Sie steht auf und bewegt ihre Beine. Doch sie kommt nicht vorwärts.

„Waa..."

Sie strengt sich an, beißt ihre Zähne zusammen und gibt alles. Doch sie kommt nicht vorwärts. Sie schwitzt nur noch mehr und fühlt sich, als würde sie in einer Sauna Aerobic machen. Sie grübelt verzweifelt nach einer Lösung. Ihre Theorie der Hölle kommt ihr immer realer vor, denn es wird immer wärmer, das Knistern immer lauter, und das Rot der Luft kann nicht noch kräftiger werden.

„Ich will nicht sterben, bitte, ich habe doch nichts verbrochen!", ruft sie angsterfüllt in die immer dicker werdende Luft. Immer mehr rudert sie mit den Armen, zieht ihre Beine nach oben und rennt, ohne sich einen Zentimeter nach vorne zu bewegen. Sie gibt auf und bleibt stehen.

Missy versucht bei klarem Verstand zu bleiben und überlegt, wie sie sich aus der misslichen Lage retten kann. Es hat inzwischen gefühlte achtzig Grad. Die Haut brennt.

„Feuer, was kann ich machen bei Feuer", flüstert sie vor sich hin. „Ich halte diese Hitze nicht mehr aus. In der Sauna schaffe ich es höchstens 6 Minuten. Mir ist schon schwindlig." Sie setzt sich. Aus lauter Verzweiflung schiebt sie ihre Hände in den Boden. Sie fühlt die Erde auf ihrer Haut und empfindet eine leichte Kühlung.

„Ich habe es. Ich muss mich einbuddeln. Das ist die einzige Chance die ich habe. Aber... Ich könnte ersticken. Jedoch anderenfalls verbrenne ich...", überlegt Missy leise und nervös vor sich hinmurmelnd.

Der Schweiß tropft ihr mittlerweile wie Wasser von der Stirn als würde sie unter der Dusche stehen. Das Knistern ist noch lauter geworden. Es ist kaum noch auszuhalten, diese Hitze, das drückende Rot, das unheimliche Knistern. Missy wird panisch und fängt an mit ihren Händen ein Loch in den Boden zu graben. Sie gräbt so schnell sie kann, während sie immer mehr schwitzt, immer mehr Panik bekommt. Sie kann nicht einschätzen, wie heiß es mittlerweile geworden ist, aber es ist definitiv heißer als in der Sauna, in der sie vor kurzem erst mit Tommy gewesen ist. Und diese hatte achtzig Grad.

Missy gräbt ein großes Loch in den Boden. Mühsam schaufelt sie mit ihren Händen Erde auf die Seite und hat keine Ahnung, woher sie die Kraft dafür nimmt. Als die Kuhle groß genug ist, legt sie sich hinein.

Erstaunlich, wie viel ein Mensch in Paniksituationen leisten kann, ohne eigentlich Energie zu haben. Der Körper muss immer noch irgendwie, irgendwo Energiereserven bunkern. Oder ob das die Todesangst ist? Fragt sie sich. *Klar, was sonst,* denkt sich Missy. *Irgendwas mit Adrenalin…*

Die Hitze ist nicht mehr auszuhalten. Die Luft wackelt und tanzt. Missy wird es ganz komisch, ihre Haut brennt wie Feuer. Es haben sich bereits Rötungen und leichte Schwellungen auf ihrer nicht mit Kleidung bedeckter Haut gebildet.

Scheiße, tut das weh, denkt sie.

Dass es sich um Verbrennungen ersten Grades handelt, ist ihr im Moment gleichgültig. Ändern kann sie an der Situation nichts.

Mit letzter Kraft schafft sie es, sich mit der auf die Seite geschobenen Erde wieder zuzudecken. Ihre Jacke hat sie in der Zwischenzeit aus, und über ihr Gesicht gezogen um nicht gleich zu ersticken. Sie holt tief Luft, wölbt ihren Arm unter der Jacke so, dass ein kleiner Zwischenraum entsteht und schiebt mit der anderen Hand Erde über ihren Kopf. Gerade noch rechtzeitig, und ohne wirklich zu wissen wie sie es schafft, zieht sie ihre Hand unter die Erde. Auf der Hand haben sich bereits Brandbläschen gebildet. Es brennt höllisch, doch die Erde kühlt dies ein wenig.

Das Ganze ist so unrealistisch und anstrengend, dass Missy den Kampf aufgibt und vor Schock erneut, ist inzwischen schon fast zur Gewohnheit geworden, in eine kleine Ohnmacht fällt. Kein Wunder, viel zu Essen und Trinken hat sie in der letzten Zeit nicht bekommen, die merkwürdigen Erlebnisse und die körperliche Anstrengung… irgendwann schiebt der Körper einen Riegel vor und knockt sich aus. Und dieses Erlebnis ist mehr als außergewöhnlich und auch anstrengend, abgesehen davon ist nicht sonderlich viel Luft zum Atmen da.

Kapitel 16

Missy erwacht aus reiner Atemnot. Sie bekommt keine Luft mehr und dadurch eine Panik. Wohl bewusst wo sie sich befindet, kann sie jedoch nicht anders und geht dem Urinstinkt nach, den jeder Mensch hat. Sie möchte leben.
Leben und atmen.

So wie Ertrinkende mit aller Gewalt im Wasser strampeln um an die Wasseroberfläche zu kommen, drückt sie sich mit aller Kraft nach oben.

Erst ihre Hände, dann das Gesicht und dann der Rest ihres mittlerweile krank wirkenden Körpers stoßen nach außen. Als erstes instinktiv nach Luft geschnappt und tief eingeatmet stellt Missy erleichtert fest, dass es kein Feuer mehr gibt. Was heißt mehr... alles sieht aus, als wäre nie ein Feuer hier gewesen.

Die Bäume und Sträucher sind weder verkohlt noch kahl. Im Gegenteil. Im Vergleich zu vorhin sieht es richtig idyllisch aus. Ein Wald, sie mitten auf einer Lichtung, Moss und Sträucher, die Bäume treiben die ersten Knospen, alles behangen mit Blättern. Die Luft ist weder heiß, noch knistert es.

Missy zweifelt an ihrem Verstand. Total verwirrt richtet sie sich auf. Sie klopft bestmöglich die Erde von ihren Kleidern, schaut sich um und läuft langsam durch den Wald. Sich dabei umschauend kann sie nichts Außergewöhnliches entdecken. Alles ist wieder normal. Es scheint sogar die Sonne durch die Baumwipfel, die wieder teilweise voller Blätter sind. Die Sonne wirft angenehmes, kein rotes Licht. Würde Missy nicht so entkräftet und müde sein, wäre es ein wunderschöner Frühlingstag im Wald. Eine angenehme Brise Luft weht durch den Wald, die Sonnenstrahlen scheinen durch die Baumkronen. Einzelne Blätter und die Büsche suhlen sich im Sonnenschein und wirken angenehm orange. Noch nicht alle Pflanzen erblühen wieder. Doch das kräftige Rot ist weg, es knistert nicht, und es hat gefühlte zwanzig Grad. Auf dem Waldboden raschelt es ab und an, wenn eine Maus sich ihr Mittagsmahl sucht, oder sich in ihrer Höhle versteckt.

Da es im Wald keinen Weg gibt, läuft Missy querfeldein. Es ist relativ gut durchzukommen. Es gibt nur wenige Stellen, an denen das Gebüsch oder die Brennnesseln so hoch sind, dass sie nicht weiter kann und entweder einen Umweg gehen muss, oder mit hoch angezogenen Knien versucht, darüber zu steigen. Der Boden ist meist mit Efeu, Moos oder kleinen Pflanzen bedeckt.

„Wäre ich nicht in so einer beschissenen Situation, wäre es wunderschön, nein, es *ist* wunderschön, aber ich kann es nicht genießen, weil ich *durchdrehen* könnte. Wo muss ich hin verdammt noch mal?", ruft Missy.

Sie ist nicht nur verzweifelt, sondern auch immer noch hungrig und dadurch auch etwas aggressiv, eben durch den Hunger und auch ihren Durst. Wie eine Diva eben. Was würde sie nicht gerade für ein Snickers geben, auch wenn es nur eine Miniversion wäre.

Nach ein paar weiteren Schritten verharrt sie plötzlich und lauscht.

Sie hört etwas.

Ein leichtes Plätschern.

Erfreut folgt sie dem Geräusch und findet glückerweise kurz darauf einen kleinen Bach. Er ist nur wenige Zentimeter breit und scheint erst vor kurzem dem Berg entsprungen zu sein.

„Mega!" schreit sie und rennt auf das harmonisch vor sich hin fließende Nass zu.

Gierig stürzt sich das Mädchen auf das kalte, klare Wasser. Schnell wäscht sie ihre schmutzigen Hände und formt sie anschließend zu einer Schale. Bevor sie trinkt erschrickt sie. Keine Brandblasen und auch keine leichten Verbrennungen sind mehr zu sehen.

Nach dem kurzen verdutzen Augenblick ist es ihr jedoch gleich, sie schöpft sich das Wasser und trinkt gierig.

„Das tut gut", sagt sie.

Nachdem sie ausgiebig getrunken und sich auch etwas das Gesicht abgewaschen hat, geht sie weiter.

Es scheint, als ginge die Sonne gerade unter, denn nicht nur, dass das angenehme Sonnenlicht verschwindet, es dämmert.

„Das gibt es doch nicht", sagte sie. „Diese komische Tages-Nacht Wechsel machen mich noch mehr verrückt als ich eh schon bin."

Doch es wird nicht Nacht. Es ist eine undefinierbare Tageszeit.

Sie geht weiter, schaut sich um. Sie schaut die Pflanzen an, prüft den Boden und sucht etwas Essbares. Leider findet sie nur kleine Walderdbeeren.

„Besser als nichts", sagt sie, und haut rein.

Eigentlich sollte man nichts essen was unter einem Meter auf dem Boden wächst, das wurde ihr so beigebracht, aber das ist ihr aktuell so was von egal. Ob sie verhungert oder sich vergiftet, darauf kommt es nun wirklich nicht mehr an. Als sie die letzte Erdbeere gegessen hat, ist sie zwar nicht satt, fühlt sich jedoch ein klein wenig besser. Alleine schon zu wissen, eine Kleinigkeit im Magen zu haben, gibt ihr etwas Hoffnung. Und vor nicht so langer Zeit hat sie noch die Pilze gegessen. Zusammen ist das immerhin eine kleine Miniportion. Das wichtigste jedoch: sie hat ausreichend Wasser getrunken. Ohne das Wasser wäre sie möglicherweise bereits verdurstet. Ohne Essen ist eher auszukommen und zu überleben. Doch ohne Wasser bedeutet über kurz oder lang den Tod.

Sie läuft weiter durch den Wald und beobachtet dabei ihren Schatten, wie sie sich mit ihm im Schlepptau durch den Wald bewegt. Noch ist es nicht ganz dunkel, so dass sie ihn noch erkennen kann. Wenn es erst einmal richtig dunkel geworden ist, wird Missy alleine sein. Nicht nur ohne Menschen, auch ohne ihren Schatten. Sie schaut wieder nach oben, schaut durch die Bäume, sucht einen Weg. Sie findet nichts, läuft weiter, sieht wieder nach unten.

Da, was ist das?

Ein Schatten.

Aber nicht ihr eigener Schatten.

Direkt hinter ihr.

Als ob ein großer Mann sie verfolgt.

Missy rutscht vor Schreck das Herz in die Hose, ihr Atem stockt und sie dreht sich angsterfüllt um.

Nichts.

Niemand zu sehen.

„Gibt es das? Habe ich Wahnvorstellungen? Oder ist das noch die Auswirkung der Hitze oder des Sauerstoffmangels von der Zeit, die ich unter der Erde lag? Mannomann", murmelt sie vor sich hin.

Sie läuft weiter, schaut auf den Boden. Der zweite Schatten ist weg. Nur ihr eigener Umriss ist zu sehen, wie vorher. Nur ihr Schatten läuft neben ihr her. Fast wäre sie an einen Baum gelaufen vor lauter auf den Boden schauen.

Nach einigen Metern verlockt es sie wieder auf den Boden zu schauen.

Da ist er wieder, der Schatten.

Wieder erschrickt Missy, dreht sich um.

Niemand ist zu sehen.

„Hallo? Hallo? Ist da wer? Verfolgen sie mich? Tun Sie mir nichts, bitte, helfen Sie mir."

Doch niemand meldet sich.

Missy kommen die Tränen, teilweise aus Angst, teilweise aus Hoffnungslosigkeit, da kein Mensch zu sehen ist. Sie läuft weiter, dreht sich dabei immer wieder um, sucht vor ihr einen Weg, schaut auf den Boden, sieht den zweiten Schatten, dreht sich suchen um ohne etwas oder jemanden zu sehen. Sie stolpert über eine Wurzel, fast wäre sie gestürzt. An dem großen Zeh schmerzt es höllisch, doch mit rudernden Armen schafft sie es sich immerhin aufrecht halten. Wieder gefangen läuft sie weiter. Schaut wieder auf den Boden, nichts. Der zweite Schatten ist wieder weg. Missy geht weiter, beschleunigt ihre Schritte bestmöglich. Sie schaut immer wieder auf den Boden, sie sieht keinen Schatten außer ihren eigenen. Nach einigen Minuten schaut sie wieder zu Boden, sieht wieder den Schatten, den unbekannten.

„Nein! Diesmal falle ich nicht darauf rein!", ruft Missy laut und läuft weiter ohne sich um zu drehen.

Doch etwas ist anders.

Sie hört etwas. Schritte.

Schritte, die Sie verfolgen.

Sie dreht sich doch wieder um, läuft dabei weiter, blind.

Niemand ist hinter ihr.

Ihr Schritt wird schneller, sie rennt schon fast.

Der Schatten ist immer noch da, die Schritte werden immer lauter, der Schatten hebt einen Arm, als wolle er ihr sie niederschlagen.

Missy schreit laut auf und rennt los.

Sie rennt so schnell sie kann, springt über Wurzeln und Äste auf dem Boden, springt über die alten Bäume die auf dem Boden liegen sofern sie nicht zu hoch sind, so dass sie um sie herum muss. Sie rennt durch den Wald, im Slalom an den Bäumen vorbei, sie rennt so schnell sie kann. Sie übersieht vor lauter Eile die nächste Wurzel auf dem Boden, bleibt mit einem Fuß hängen und stürzt. Dabei stößt sie sich den Kopf an einem harten Stück Holz das auf dem Boden liegt. Es ist ein alter Baum. Durch den Stoß gegen den Schädel wird Missy wieder einmal schwarz vor Augen.

Zumindest bemerkt Missy in dem weggetretenen Zustand nicht, dass ihr ein wenig Blut über die Stirn läuft.

Ebenso hört sie den lauten Knall nicht, der kurz nach ihrem Sturz laut durch den Wald schallt.

Kapitel 17

Als Missy wieder zu Sinnen kommt, befindet sie sich in der Nähe der Autobahn. Die weite Wiese auf der sie sich befindet ist leicht erhöht, so dass sie gut erkennt, wie nach einigen hundert Metern die Leitplanken der Autobahn angrenzen. Auch die leere Straße kann sie erkennen. Ihren Wagen sieht sie jedoch nicht. Sie dreht sich um, doch außer einzelnen Bäumen kann sie nichts sehen. Der Wald scheint nicht mehr da zu sein.

„Ist jetzt nicht wahr, oder?", ruft sie erstaunt. Ein Griff an ihre Stirn, ein Blick auf ihre Hand:

Blut.

Missy erschreckt.

Sie tastet sich ab, doch es scheint nicht sehr schlimm zu sein. Sie hat sich nicht schwerwiegend verletzt, sich durch den Sturz jedoch ein wenig die Kopfhaut aufgekratzt.

„Sturz! Genau, da war doch was. Ich bin gestürzt. Im Wald. Als ich von irgendwas verfolgt wurde. Es war aber nichts zu sehen. Und nun bin ich hier, auf einer Wiese in Sichtweite der Autobahn. Der Wald ist weit und breit nicht zu sehen. Wie, verdammte Scheiße, bin ich hier nur hergekommen?"

Sie greift aus Reflex in ihre Tasche, möchte Sicherheit, indem sie den Schlüssel mit ihren Fingern umklammert, doch sie greift ins Leere.

Der Schlüssel ist nicht da.

„Nein, nicht schon wieder", jammert Missy.

Sie würde gerne weinen, doch sie hat keine Kraft mehr. Sie bekommt nicht eine Träne aus ihren Augen und schüttelt lautlos weinend den Kopf. Nach einer Weile der Trauer, und nachdem sie sich, beziehungsweise ihre Taschen wieder einmal mehrfach untersucht hat, rappelt sie sich auf und macht sich auf den Weg zur Straße.

Fast an der Autobahn angekommen, sie kann nicht abschätzen, ob sie für die Strecke fünf, zehn oder gar fünfzehn Minuten benötigt hat, ist es richtig dunkel geworden. Es ist jetzt definitiv Abend.

„Das kann doch nicht sein. Auch das noch.", sagt sie.

Sie weiß zwar nicht wie lange sie im Wald war, aber sie ist es leid, darüber nachzudenken.

„Ich muss aufhören, mir über Tag oder Nacht Gedanken zu machen. Mit rechten Dingen geht das so oder so nicht zu und es raubt unnötig meine wenige Energie, die ich noch habe."

Sie erreicht die Autobahn und steigt über die Leitplanke. Sie schaut nach links und nach rechts. Nichts zu sehen.

Tja, wenn ich jetzt wüsste in welcher Richtung mein Auto steht, wäre das sehr hilfreich, denkt sie.

Ohne Auto bleibt ihr nichts anderes übrig als die Straße entlang zu laufen. Missy entscheidet den Weg nach rechts einzuschlagen. Der Marsch ist anstrengend, vor allem im Dunkeln.

Missy hat das Gefühl, sich seit mehreren Stunden voranzuschleppen, als es langsam heller wird.

Schon wieder die Nacht vorbei, denkt sie.

Es ist echt unglaublich.

Irgendwie spielt die Zeit verrückt, alles ist verschoben. So schnell kann nicht Tag und wieder Nacht sein. Solange war ich jetzt auch wieder nicht unterwegs.

Als sie den Blick in die Ferne schweifen lässt, sieht sie die Umrisse ihres Autos am Horizont. Allerdings auf der linken Seite der Gegenfahrbahn.

Wow, krass, denkt sie. *Wie bin ich nur auf diese Seite gekommen. Aber eigentlich möchte ich es gar nicht wissen.*

Sie steigt über die Mittelleitplanke, geht an den linken Rand und macht sich etwas freudiger auf dem Weg zu dem Wagen. Nach wenigen weiteren Metern die Straße entlang fällt ihr ein, dass das Auto abgeschlossen ist, und sie keine Ahnung hat, wo der Schlüssel schon wieder ist.

Egal, was soll ich denn sonst machen…vielleicht steckt er ja wieder.

Missy kommt es vor, als nimmt die Straße kein Ende. Sie kann kaum noch die Beine bewegen, so müde ist sie. Nach einer Ewigkeit erreicht sie ihr Auto… nein.

Das ist nicht ihr Auto.

Dieses Auto ist rot!

In der Dämmerung des scheinbar eintretenden Morgens konnte sie dies aus der Entfernung nicht gleich erkennen. Doch jetzt sieht sie es mit jedem Schritt deutlicher. Dieses Auto ist rot.

Und es ist ein Opel Corsa.

Es sieht aus wie ihr erstes Auto.

Missy erreicht den ominösen Wagen.

Sie kann es kaum glauben.

Das *ist* ihr erstes Auto.

Wie kann das sein? Derselbe Kratzer an der Seite, das gleiche Nummernschild. Total verwirrt versucht Missy die Tür zu öffnen… und es gelingt. Sogar der Schlüssel steckt im Zündschloss.

„Das gibt es doch nicht!"

Die arme Missy ist am verzweifeln und versteht die Welt nicht mehr. Das scheint inzwischen ein

Dauerzustand zu sein, was auch kein Wunder ist, bei all diesen merkwürdigen Geschehnissen. Aber sie will weg von hier. Und wenn das Auto fährt, warum dann nicht ihren alten Corsa nehmen. Es könnte ja sein, dass das Auto demjenigen gehört, zu dem der Schatten im Wald gehört hat. Aber der wollte mich niederschlagen, also wäre das der erste Grund um das Auto zu nehmen und abzuhauen. Der zweite Grund ist, dass dieses Auto so wie es da steht, gar nicht mehr existieren kann. Missy hatte es irgendwann verschrotten lassen, als es total im Eimer und nicht mehr zu retten war. Da sie einen Schrotthändler gut kennt, der auch Autos „vernichtet", hatte sie das damals nicht einen Cent gekostet. Und der Gute hatte ihr noch geholfen, ein neues Auto zu bekommen.

Sie startet den Motor, es gelingt, das Auto springt an.

Da es noch leicht düster ist, und auch weil sie dies grundsätzlich macht, betätigt sie den Hebel für das Licht. Sie findet diesen sofort. Wieder mehr aus Reflex, es könnte ein Auto kommen, blinkt Missy, wie es sich gehört. Sie ärgert sich immer wenn andere Autofahrer dies nicht nötig haben. Sie geht grundsätzlich mit gutem Beispiel voran, auch wenn weit und breit kein anderes Fahrzeug zu sehen ist. So ist es zu einer, wie es sich auch gehört, Gewohnheit geworden.

Sie schaut sich um und fährt auf die Fahrbahn.

Kapitel 18

Nachdem Missy ein gutes Stück gefahren ist, es ist inzwischen hell geworden, versucht sie, das Radio anzuschalten.

Selbstverständlich geht: Nichts.

Doch die Kassette, die noch im Recorder ist, sollte funktionieren. Ja, das Auto war so alt damals, dass es noch ein Kassettendeck hatte. Das machte ihren Corsa so speziell und fast einzigartig. Sie schwelgt in Erinnerungen an ihr erstes Auto.

„Halt, Moment, ich sitze in meinem ersten Auto!" sagt sie und kann es einfach nicht fassen. Trotz der verwirrten und aussichtslosen Lage in der sie sich befindet, überkommt sie ein kleines Freudegefühl.

Sie betätigt die Play Taste des Radios und tatsächlich, es kommen Töne aus den Lautsprechern. Missy schreit vor Freude.

„Juhu – wenigstens etwas Musik. Meine Musik, von früher. Ich liebe diese Kassette, sie hat mir immer gute Laune gebracht. Ach herrje, man lernt vieles erst zu schätzen, wenn man es nicht mehr hat. So wie der Klang von Musik."

Die Kassette hatte sie sich mal mit viel Mühe zu Hause zusammenkopiert. Ist schließlich nicht mehr so einfach, im Zeitalter von CDs. Missy dreht das Radio auf, die Kassette ist voll mit Hits aus den Achtzigern.

Michael Sembellos Hit - „Maniac" tönt aus den alten Boxen und Missy singt laut mit.

She's a maniac, maniac on the floor
And she's dancing like she's never danced before
She's a maniac, maniac on the floor
And she's dancing like she's never danced before

Herrlich.

Missy fühlt sich zwar nicht von allen Problemen befreit, doch es gelingt ihr ein wenig besser, mit ihrer Situation zu Recht zu kommen. Das Singen tut ihr gut. Als das Lied sich dem Ende neigt, ertönt zwischen dem Refrain ein störendes Rauschen. Noch bevor die letzte Zeile des Liedes erklingen kann, ist keine Melodie mehr wahrnehmbar.

„So eine Scheiße, aber war ja klar", sagt Missy traurig.

Die Uhr des Corsas zeigt, welch Überraschung, 21:09 Uhr.

Der Kilometerzähler bewegt sich keinen Millimeter.

Als sie weiter mit ihrer immer schlechter werdenden Laune gerade aus fährt, wo soll sie auch sonst hin fahren, taucht vor ihr am Horizont etwas auf. Erst sehr klein, dann immer größer werdend, erkennt sie ein Auto auf dem Seitenstreifen. Als sie näher kommt, erkennt sie, dass es ihr Auto ist. Ihr blauer Ford Fiesta.

„Ach herrje, bin ich so weit gelaufen? So langsam verstehe ich gar nichts mehr. Am besten denke ich nicht weiter darüber nach."

Sie lenkt den Corsa ebenfalls auf den Seitenstreifen und fährt langsam auf ihr Auto zu. Es sind noch einige hundert Meter, als der Wagen unter ihr zu stottern anfängt und sich durch die Betätigung des Gaspedales nichts mehr tut.

„Was… was ist denn nun?", fragt sie.

Doch anstelle einer Antwort bleibt der Corsa nach einigen weiteren Metern einfach stehen.

Nichts geht mehr.

„Na super, welch ein Glück im Unglück, dass da vorne mein Wagen steht. Danke trotzdem, lieber Corsa, für deine letzten Dienste und für den Song. Warst mir immer ein treues Gefährt."

Sie tätschelt liebevoll das Armaturenbrett des roten Kleinwagens und steigt aus. Nach einem letzten Blick läuft sie auf ihren Fiesta zu. Es sind nur noch ein paar Meter.

Als sie bei ihrem Fiesta ankommt, sieht sie durch die Scheibe. Doch der Schlüssel steckt nicht wie erhofft. Auch die Fahrertür ist verschlossen. Sie greift noch einmal in ihre Hosentasche und, siehe da, der Schlüssel.

„Mh, okay, mh, ja ich weiß auch nicht.", sagt sie leicht genervt und leicht Kopfschüttelnd, statt erfreut und dreht sich noch ein letztes Mal zu ihrem Corsa um.

Doch wo ist er?

Es ist kein Auto weit und breit zu sehen.

„Das ist doch jetzt nicht wahr, oder? Eben war er doch noch da.", sagt sie verwirrt.

Sie läuft drei Schritte in die Richtung, aus der sie eben gekommen ist. Dann bleibt sie stehen und denkt sich:

Nein. Am Ende laufe ich ins Nichts, komme zurück und der Ford ist auch weg. Es ist jetzt eben wie es ist. Ich werde einsteigen, und weiterfahren.

Und so macht sie es. Auf einen weiteren Marsch durch die Hölle hat sie keine Lust.

Sie schließt die Tür auf, steigt ein.

Nach dem Kontrollblick auf die Uhr, sie zeigt noch immer 21:09 Uhr, der Kontrolle des Radios, es ist tot, schnallt sie sich an, blinkt und fährt los.

Auf ein Neues.

Kapitel 19

Als sie so vor sich hin rollt, wird es langsam wieder etwas dunkler.

Schade, denkt sie. *Es war viel angenehmer im Hellen.*

Aber ändern kann sie es nicht.

Sie sieht das Übliche am Straßenrand. Ab und an Bäume, ein Stück Feld. Dann mal wieder eine Wiese, ein kleines Wäldchen. Während sie von zu Hause träumt und etwas in Gedanken automatisiert den Weg auf der Fahrbahn fortsetzt, knallt es.

Dieses Mal hört sie es mehr als ihr Recht ist.

Missy schreit auf vor Schreck.

Sie ist durch das Überraschungsmoment mit aller Kraft auf die Bremse getreten.

Das Auto schlittert dadurch auf der Straße einige Meter entlang, kracht in die Leitplanke.

Der Airbag geht auf und fängt Missys Kopf ab, der sonst mit voller Wucht an das Lenkrad geschlagen wäre.

„Scheiße, Scheiße und nochmal Scheiße!", ruft sie laut.

Nach dem sie sich etwas beruhigt hat fängt sie zu lachen an.

„Also, im Fluchen würde ich bei dieser Fahrt den ersten Platz machen, gäbe es einen Wettbewerb."

Missy versucht, den Motor zu starten, doch der Wagen eiert lediglich herum.

„Bitte, bitte nicht schlappmachen.", sagt sie liebevoll zu ihrem geliebten Fiesta. Inzwischen ist es wieder Nacht geworden.

Im Augenwinkel nimmt sie eine Bewegung war, schaut aber erst nicht hin. Sie ist es leid, Hirngespinsten nachzujagen. Doch nachdem sie die Bewegung auch auf der anderen Seite und auch vorne wahrnimmt, riskiert sie einen Blick.

Wildschweine.

Keine gewöhnlichen.

Sie sind verdammt groß, haben blutrote Augen und ekelerregender Sabber läuft aus ihren riesigen Mündern, tropft auf die Fahrbahn.

Missy stockt der Atem.

Was mach ich jetzt, ach du grüne Neune, was verdammt nochmal mache ich jetzt, schießt es ihr immer wieder durch den Kopf.

Sie kann nicht abschätzen, wie viele Tiere es sind. Sind es Tiere? Oder Ausgeburten der Hölle? Nach einem Zwicken in einen ihrer Arme merkt sie zumindest, dass es nach wie vor kein Traum ist in dem sie sich befindet.

Vielleicht sollte ich einfach nur still sitzen bleiben, womöglich hauen sie dann wieder ab, dahin, woher sie gekommen sind, wo auch immer das ist, denkt sie sich.

Doch ihr Wunsch bleibt unerfüllt, das Gegenteil tritt ein.

Die Schweine kommen langsam und mit knurrenden Geräuschen auf sie zu. Missy stockt der Atem, Panik keimt in Missy auf. Sie traut sich nicht, sich zu bewegen. Die Tiere kommen mit ihren sabbernden Mündern, ihren hungrigen Augen und den spitzen Zähnen knurrend, immer näher. Noch laufen sie langsam, doch einige der Geschöpfe schauen aus, als ob sie gleich Anlauf nehmen, und einen Satz auf sie zumachen wollen. Das erste Wildschwein, *ist es ein Wildschwein? Oder ein Monster?* setzt zum Sprung an. Missy nimmt die Geschehnisse wie in Zeitlupe war. Noch bevor das Etwas das Auto berührt, rührt sie sich aus ihrer Starre.

Nichts wie weg hier, denkt sie und greift, die Augen nicht von den Wildschweinen abschweifend, an den Schlüssel.

Sie versucht verzweifelt den Motor erneut zu starten, doch nichts passiert.

Das erste Schwein ist inzwischen auf sie zugesprungen und schlägt seinen Kopf hart gegen das Auto. Missy schreit laut auf.

Da nehmen auch die anderen Schweine Anlauf und rammen den Wagen. Die vor Angst zitternde und schwitzende Missy schließt die Augen. Sie kreischt und hält sich die Ohren zu, denn der Krach ist nicht auszuhalten. Das Fahrzeug wackelt und Missy sieht sich schon langsam als Wildfutter, als es hinten klirrt. Erschrocken, und mit weit aufgerissenen Augen, löst sie die Hände von den Ohren und dreht sich um. Die Heckscheibe hat einen Riss. Sie sieht nur Sprünge, die sich wie ein Spinnennetz auf der Scheibe verteilt haben und dahinter die furchterregenden Augen des Angreifers. Das Tier, das mindestens so hoch wie Missys Auto ist, tritt einige Schritte zurück und scharrt mit dem Hinterlauf auf dem Boden, wie ein Stier der gleich zum Angriff übergeht, wenn der Torero das rote Tuch schwingt.

„Nein! Nicht! Bitte! Ich bin doch kein Tuch. Ich liebe Tiere! Bitte! Tut mir nix", schreit sie, als es wieder an der Seite durch den Aufprall eines weiteren Tieres knallt.

Ein anderes Tier hat die Beifahrerseite gerammt.

„Mist, verdammter, ihr zerstört meinen Wagen!"

Sie dreht sich nach hinten, sieht, wie gerade das Riesenwildschwein erneut Anlauf nimmt um nochmals gegen die Heckscheibe zu donnern. Da versucht sie, erneut ihren Ford zu starten. Das Auto surrt und eiert vor sich hin. Kurz bevor das Schwein das Auto erreicht und dafür sorgt, dass die Heckscheibe zerspringt und Missy das Abendessen der Monster wird, heult der Ford auf. Missy tritt das Gaspedal durch und entkommt dem Aufprall des Schweines haarklein mit quietschenden Reifen. Sie sieht nichts vorne heraus, fährt blind durch die Menge der Tiere und merkt wie sie einige der Wildschweine mit dem Auto rammt. Das ist ihr egal. Sie rast einfach in das Blaue hinein, blind, Hauptsache weg von diesen Ungeheuern. Sie achtet weder auf das Schalten, noch auf eine gerade Fahrweise auf ihrer Spur, sie rast einfach davon.

Nach einer Weile lautem, heulendem Davonrasen schaut Missy in den Rückspiegel. Sie kann kein Tier mehr erkennen. Endlich schaltet sie ihr Auto in die nächst höheren Gänge, versucht sich etwas zu beruhigen und fährt noch einige Kilometer ziemlich zügig davon, bevor sie anhält.

Sie fährt seitlich ran, steigt aus und möchte ihr Auto begutachten.

Doch es ist nichts zu erkennen.

„Das gibt es doch nicht", sagt Missy. „An den düsteren Lichtverhältnissen kann es nicht liegen, da müssen doch massive Dellen im Auto zu sehen sein."

Sie läuft um das Auto herum, doch selbst die Heckscheibe ist wie neu. Das Auto sieht aus wie vorher. Nach einigen Minuten starrend und schweigend steigt Missy verwirrt in ihr Auto und fährt weiter.

Kapitel 20

Missy fährt auf dieser unendlichen Autobahn und wartet verzweifelt auf eine Abfahrmöglichkeit. Es kommt weit und breit nichts, außer der Straße geradeaus, die Leitplanke auf der Seite und die Begrenzungen in der Mitte. Inzwischen wird es wieder heller.

Der Tag bricht an.

Mal wieder viel zu schnell.

Es rauschen Felder und ab und an Bäume an ihr vorbei.

„Langsam sollte ich mich ja daran gewöhnen, oder?", sagt sie vor sich hin.

Sie denkt an die längste Autofahrt, die sie bisher gemacht hatte. Das war damals, als sie mit Tommy einen Drucker abgeholt hat. Es waren ungefähr sechshundert Kilometer zu fahren. Tommy hatte das Gerät beim surfen im Internet entdeckt. Es war für seinen Vater als Geschenk gedacht, welcher Ingenieur von Beruf ist. Missy konnte mit der Bezeichnung des Druckers nichts anfangen. Das Teil hieß Plotter. Ein solch spezieller Drucker wird benötigt um große Pläne zu drucken. Das von Tommy gefundene Modell gab es durch eine Geschäftsauflösung für einen Klicker und einen Knopf zu kaufen. Tommy hatte ihr erklärt, dass diese Drucker normalerweise mehr als das siebenfache kosten würden, und dieses Gerät noch top in Schuss sei. Es würde sich mehr als lohnen, dafür die weite Strecke zu fahren. Er wusste, dass sein Vater schon immer dieses Modell gerne hätte, es sich aber nicht leisten konnte. Da Missy ihren Tommy nicht alleine fahren lassen wollte, willigte sie ein mitzukommen. Sie einigten sich darauf, sich beim Fahren abzuwechseln, doch als Tommy während der Strecke eingeschlafen ist, hatte es Missy durchgezogen und ist die komplette Tour zu dem Verkäufer alleine gefahren. Nach der Fahrt war sie mehr als kaputt, so dass sie kaum noch in der Lage war, sich über das tolle Hotel zu freuen, in das sie nach dem Kauf eingecheckt hatten.

Sie ist mit ihren Gedanken gerade noch bei der damaligen Reise, als ihr am Horizont etwas Komisches auffällt.

Missy entdeckt etwas Schwarzes am Himmel und an der Leitplanke. Als sie näher rangefahren ist, kann sie das Entdeckte identifizieren. Einige Krähen kreisen über der Autobahn, vereinzelnd sitzen diese unheimlichen Vögel auf der Leitplanke. Mit blutroten Augen folgen sie Missy mit ihren Blicken. Etwas mulmig im Bauch fährt Missy an den Biestern vorbei und atmet laut und kräftig aus, als sie diese passiert hat und keines der Tiere die Verfolgung aufnimmt.

Das scheint allerdings nicht die einzige Außergewöhnlichkeit zu sein. Erneut erblickt Missy etwas am Horizont und schaut genauer hin. Die Leitplanke endet auf der rechten Seite. Noch kann sie nicht genau erkennen warum. Zügig fährt sie weiter. Missy schaut angestrengt nach vorne. Und es kommt…

„JA!! Eine Abfahrt. Ich glaube es ja nicht, Wahnsinn… Juhu!!!", kreischt Missy völlig fassungslos.

Sie traut ihren Augen kaum. Als sie kurz vor der Abfahrt ist schaltet sie einen Gang runter um langsam abzubremsen. Kurz darauf noch einen. Tatsächlich, vor ihr erscheint eine Abfahrt.

Sie bremst noch weiter herunter und lenkt ihr Auto in die Kurve. So langsam, dass sie schon fast Schrittgeschwindigkeit hat, fährt sie in die Kurve, sieht aber außer dieser nichts.

Das bilde ich mir sicher nur wieder ein, denkt sie sich. *Gleich geht es irgendwie weiter wie vorher.*

Es tritt keine Veränderung ein.

Missy fährt weiter um die weite Kurve nach rechts. Nach einer kurzen Zeit, sie ist mit Sicherheit bereits mindestens einmal im Kreis gefahren, wird sie langsam unruhig. Leicht unruhig trommelt sie unbewusst mit ihren Fingern auf das Lenkrad. Ihre Augen sind weit aufgerissen und sie spannt im Sekundentakt ihre Gesäßmuskeln an und wieder lässt sie wieder locker.

Das kann doch nicht wahr sein. Ich kann doch nicht wie in einem Parkhaus im Kreis nach oben oder nach unten fahren. Fahre ich überhaupt hoch oder runter?

Sie achtet auf die Umgebung neben der Leitplanke, die die Kurve umschließt. Einen Höhenunterschied kann sie nicht erkennen.

Da, eine Auffahrt.

Auf eine, oh nein…

Autobahn.

Sie kann nur auf diese Autobahn fahren, die nun das Ende der Abfahrt bildet. Sie ist sich nicht sicher, wohin sie unterwegs ist. Die Fahrbahn ist, wie bisher auf Missys Fahrt, leer. Einzig und allein Missy befährt die Straße.

Fahre ich nun etwa in die andere Richtung? Oder fahre ich genauso weiter wie bisher… ich habe keine Ahnung. Es sieht alles gleich aus, denkt sich Missy.

Tapfer tritt sie ihr Gaspedal nach unten, fährt auf die Fahrbahn und saust die Autobahn entlang.

Was soll's, denkt sie sich, *mehr als sterben oder durchdrehen kann ich auch nicht, wenn mir irgendwann der Sprit ausgeht. Also werde ich solange die Autobahn entlang fahren, wie es mir möglich ist. Scheiße, denke ich etwa wirklich ans sterben? Oh man, ist es schon soweit? Ich sollte nicht aufgeben. Aber ehrlich, noch einmal in die Walachei laufe ich jedenfalls nicht mehr. Da warte ich lieber im Auto, bis ich irgendwann verhungere oder erfriere. Mist, Missy, reiß dich zusammen. Hör auf so einen Müll zu denken,* ermahnt sie sich in ihren Gedanken.

Kapitel 21

Missy führt die lästige Tour auf der neu befahrenen Autobahn fort. Doch ist es eine andere Autobahn? Die Fahrbahn sowie die Umgebung sehen aus wie bisher. Sie bemüht sich, sich nicht so sehr in ihre Angst und ihren Schwermut hineinzusteigern und träumt von daheim, was das Ganze nicht viel besser macht. Sie kann einfach nicht nachvollziehen, was ihr da passiert. Dass sie nicht träumt, hat sie bereits auf ihrer Fahrt mehr als einmal überprüft. Ihr Arm ist bereits mit blauen Flecken vom vielen Zwicken überseht, und nicht nur der Arm. Sie fragt sich, wie lange es wohl dauert bis die Flecken wieder weg sind. Sie hatte sich vor einigen Wochen sehr stark an einem Metallteil gestoßen. Es hat ewig gedauert, bis der Fleck verblasste. Doch angesichts dieser merkwürdigen Autobahnfahrt ist das wirklich ihre kleinste Sorge.

Vielleicht liege ich im Koma und weiß es nicht. Ob ich doch einen Autounfall hatte? Vielleicht bin ich schon tot und in der Hölle gelandet? Na, dann kann ich zumindest nicht mehr sterben, denkt sie sich. *Dann fahre ich einfach und warte was passiert. Aber mal im Ernst. Das wäre doch eine Erklärung. Weiß man, was Koma Patienten sehen? Nein. Also.*

Und so fährt Missy langsam die einsame Fahrbahn entlang und schaut nach den Seiten, um eventuelle auffällige Besonderheiten festzustellen, inzwischen unaufmerksamer, da alles genauso wie bisher zu sein scheint.

Seitlich neigt sich ein ziemlich langer und breiter Hügel, sowohl vertikal als auch horizontal, in Richtung etwas nach oben. Der Boden gewinnt mit einem circa dreißig Gradwinkel an Höhe. Es geht zwar nicht sehr steil nach oben, doch die Strecke bis oben ist relativ lang. Relativ ist nicht ganz passend. Sie ist sehr lang. Sie kann nicht schätzen, wie weit diese Fläche nach oben und in den Horizont reicht. Also schaut sie auf ein Meer aus normaler Wiese, das sich leicht nach oben neigt.

Eher ungewöhnlich für einen Autobahnrand, denkt Missy und wird automatisch etwas langsamer, während sie den Hang begutachtet. *Wäre perfekt zum Schlittenfahren, wenn unten nicht eine Straße und eine Leitplanke wäre.*

Missy muss lachen, als sie an ein lustiges Kindervideo aus YouTube denkt.

Irgendetwas bemerkt Missy am Horizont des Hügels und wird immer langsamer um besser schauen zu können. Da sie nicht richtig erkennen kann um was es sich handelt, bleibt sie letztendlich auf der Fahrbahn stehen. Warum auch nicht.

„Scheiß drauf", sagt sie, „ist eh kein Schwein hier. Und Malle ist nur einmal im Jahr."

Sie denkt mit halb geöffneten Augen und einen Mundwinkel nach oben gezogen an Tommy und den Mallorca Urlaub. Doch nur ein Bruchteil einer Sekunde, denn als Missy bemerkt, was sie gesagt hat, fängt sie laut an zu lachen.

„Ja, Gott sei Dank kein Schwein, davon hatte ich vorhin wirklich genug. Aber eben auch kein Mensch und keine Fahrzeuge."

Das wiederrum ist nicht sonderlich witzig.

Sie widmet sich wieder dem Gegenstand auf ihrer rechten Seite, der inzwischen etwas größer geworden ist.

„Ist das ein Stein?", fragt Missy leise vor sich hin.

Während sie das ausspricht, sieht sie noch andere Gegenstände am Horizont auftauchen, die sich zwar langsam, aber immer schneller werdend auf sie zubewegen.

„Das ist ein Stein", sagt sie. „Und ein VERDAMMT GROSSER!", schreit sie als sie bemerkt, dass die Steinkugel ziemlich zügig an Größe gewinnt, umso näher sie kommt. „Das sind verdammt viele Steine!", folgt, als sie bemerkt, dass die anderen Gegenstände ebenso Kugeln sind.

Ein lauter Schrei entfährt Missy.

Sie legt den Gang ein und schaut, dass sie Land gewinnt.

Eine Lawine von rollenden, runden, riesengroßen Steinen nähert sich mit einem langsam aufkommenden lauten Brummen der Straße, direkt auf den Ford zu.

Missy gibt Vollgas.

Das brummende Poltern wird immer lauter.

Missy gibt Vollgas.

Sie kann gerade noch dem ersten Stein entkommen, der sie nur um zwei Meter verfehlt, in die Mittelleitplanke kracht, diese plattwalzt als wäre sie ein Pappkarton und auf der anderen Fahrbahn der Autobahn weiter auf das weite Feld rollt.

Wäre Missy stehen geblieben wäre sie jetzt Matsch, denn der Stein hatte mindestens anderthalb Meter Durchmesser. So schnell sie kann rast sie, nichtbeachtend ob sie rechtzeitig die Gänge wechselt, davon. Im Rückspiegel kann sie immer mehr Steinkugeln sehen, wenn auch immer weiter weg, die die Straße überqueren.

„Was für eine Scheiße!", ruft Missy, vollgepumpt mit Adrenalin und setzt ihre Fahrt fort.

Nach kurzer Zeit schon ist nichts mehr im Rückspiegel zu sehen. Entweder kommen keine Steine mehr, oder sie ist zu weit weg.

„Es ist wirklich angebracht, gut auf die Umgebung zu achten", sagt sie so leise, dass es kaum zu hören ist.

Natürlich, das Adrenalin ist weg, und die Kraftlosigkeit macht sich bemerkbarer denn je. Sie verliert an Geschwindigkeit, kann kaum noch das Lenkrad halten. Sie fährt in dem gemäßigten Tempo gut noch eine Stunde weiter. Die Kraftlosigkeit und die eintretende Müdigkeit lassen Missy fast am Lenkrad einschlafen.

Es knallt so dermaßen laut, dass sie aufschreckt.

Aufgerissene Augen suchen die Umgebung ab, doch sie sieht keine Gefahr auf sie zukommen. Nur die ewige, einsame, bescheidene Autobahn.

Wieder immer langsamer werdend, beobachtet sie die Bäume und Felder auf der Seite, als sie etwas im Augenwinkel links auf der Straßenseite an ihr vorbeihuschen sieht. Oder denkt etwas gesehen zu haben, denn als sie ihren Blick wieder auf die Fahrbahn richtet, ist weit und breit: genau, Nichts. Davon ausgehend, dass es sich wieder um eine Einbildung handelt, schaut sie wieder in die Landschaft.

Nach einigen Sekunden, die Missy wie Minuten vorkommen:

HUSCH…

„Mensch, da war doch was!", ruft Missy, wieder nichts auf der Fahrbahn entdeckend.

Doch da, im Rückspiel kann sie etwas erkennen, es rast etwas auf sie zu.

Noch ehe sie sehen kann um was es sich handelt:

HUSCH - ist es wieder an ihr vorbei.

Ein Auto kann das nicht gewesen sein, dachte Missy, *dafür war es zum einen zu schnell und zum anderen sah es eher wie ein, wie blöd auch immer das klingt, Geist aus. Oder kommt mir das nur so vor, weil ich so am Ende, so extrem fix und fertig bin?*

Noch bevor sie weiterdenken kann, huscht schon wieder etwas an ihr vorbei. Sie nimmt all ihre Kraft zusammen um sich darauf zu konzentrieren, was hier vor sich geht. Als erstes bemerkt sie, dass sie gerade einmal Schrittgeschwindigkeit fährt, und das dazu auf dem Seitenstreifen. Sie beschließt, kurz stehen zu bleiben und das Geschehen zu beobachten, denn auf eine weitere Gefahrenquelle kann sie wirklich verzichten. Oberste Vorsicht ist geboten und ihre fehlende Kraft verlangt jede erdenkliche Aufmerksamkeit um gesehenes zu verarbeiten.

Als das nächste Etwas angerauscht kommt, stellt sie voller fassungsloser Überraschung fest:

Ein Auto.

Das War ein Auto.

Tatsächlich ein einzelnes Auto.

Und da, am Horizont, noch eines.

Und NOCH EINES.

„Das gibt es doch nicht. Autos! Ich werde verrückt!", schreit Missy.

„Wahnsinn ich bin doch nicht verloren. JUHUUU, es ist vorbei. Es ist vorbei. Es sind Menschen hier, es fahren Autos. Ich bin nicht allein. Ich komme wieder nach Hause. Heim zu meinem Schatz. OH MEIN GOTT ich kann es nicht fassen. Ich komme nach Hause. Ich .. nein.. wow… toll.. ich.. kann es nicht glauben."

Missy schießen die Tränen in die Augen, doch diesmal vor Freude.

Nachdem sie registriert hat, dass es wirklich Autos sind, in einer normalen Geschwindigkeit, in einer normalen Häufigkeit und sie es sich nicht einbildet, gibt sie Gas und fährt als es gerade passt auf die Fahrbahn.

Es werden immer mehr Autos, die an ihr vorbeifahren und inzwischen kommen diese ihr auch nicht mehr so schnell vor. Sie hupt und winkt bei jedem vorbeifahrenden Auto. Zum einen vor Freude, zum anderen um die Fahrer zum Anhalten zu bewegen. Doch es schaut niemand nach ihr, als wäre sie nicht da…

Egal, denkt sie sich. *Hauptsache, ich bin nicht alleine. Warum sollten die auch schauen, sie wissen ja nicht was ich durchgemacht habe.*

Mit etwas Hoffnung fährt sie so die Strecke voller Freude entlang und freut sich darüber, doch nicht verloren und schnell wieder zu Hause zu sein.

Nach einer Weile, die im Vergleich zu den bisherigen Geschehnissen Missy wie ein paar

Minuten vorkommen, wird eine Abfahrt durch ein Straßenschild angekündigt.

„EIN SCHILD!! Eine Abfahrt, Wahnsinn, ich fasse es nicht!", schreit sie vor Freude. „Und nicht nur das, es ist MEINE Abfahrt! Ich komme nach Hause!!"

Tatsächlich ist die kommende genau die Abfahrt, die Missy nehmen muss um wieder nach Hause zu gelangen.

„JUHUUUUU ich glaube es ja nicht. Das ist ja der WAHNSINN. TOMMY, ICH KOMME!!"

Missy kann ihr Glück kaum fassen. Die Abfahrt mit dieser endlosen Kurve vorhin, die sie dem ersten Anschein nach nur im Kreis herumgeführt hatte, schien doch den Richtungswechsel nach Hause in die Wege geleitet zu haben. Dennoch stimmt hier etwas nicht. Denn so lange wie Missy in die eine Richtung gefahren war, kann sie nicht in so kurzer Zeit die ganze Strecke wieder zurück gefahren sein. Aber das bemerkt das aufgeregte Mädchen nicht.

Sie nimmt die Abfahrt die nach wenigen Sekunden hinter dem Schild auftaucht, fährt das kurze Stück über die Landstraße.

Sie sieht das Ortschild, fährt, ein wenig zu schnell, in den Ort hinein.

Missy folgt dem ihr bekannten Weg, fährt die Straßen entlang in Richtung ihrem Zuhause. Unterwegs sieht sie nur wenige Menschen, es dämmert etwas. Sie erkennt die auffälligen Häuser, sieht jedoch nicht die typischen Tiere. Auch die Menschen die unterwegs sind, kennt Missy nicht. Doch sie denkt nicht darüber nach, ob es Verwandte oder Bekannte der Ortsanwohner sind, denn es interessiert Missy nicht.

Sie nimmt ihre Umgebung nur leicht im Vorbeirauschen war, denn sie will so schnell wie möglich nach Hause zu ihrem Freund. Will in die warme Wohnung, sich aufwärmen und vor allem: in die Arme des Mannes den sie liebt. Will ihn küssen und ihm sagen, dass alles gut wird. Das alles wird, wie er es sich wünscht im Urlaub, ihm sagen, dass alles in Ordnung ist, dass es ihr gut geht. Danach möchte sie eine Flasche Sprudel trinken, medium natürlich. Und noch eine schöne, große, heiße Tasse mit ihrem Lieblingsfrüchtetee mit einem Löffel Honig untergerührt. Dann möchte sie eine heiße Dusche nehmen, oder nein, die Dusche vor dem Tee. Der Tee kann ziehen während sie duscht. Die Haare wäscht sie sich mit ihrem Lieblingsshampoo und benutzt diese teure aber sehr gut riechende Spülung im Anschluss. Dann wird sie sich in ihren Lieblings-Hausanzug kuscheln, ihren Tee holen und sich zu ihrem Tommy setzen und den ganzen Abend nicht mehr von seiner Seite weichen.

Genau, so wird sie es machen.

Sie rast in ihre Straße, stellt das Auto mitten vor dem Haus ab. Es ist ihr egal, dass sie dabei mitten im Weg parkt. Sie stürmt zum Haus und direkt auf das Küchenfenster zu, das noch vor der Haustür ihren Weg streift. Missy holt bereits aus, möchte wild dagegen trommeln, um sich bei Tommy anzukündigen. Schließlich soll hier keine Sekunde mehr vergeudet werden. Der Ärmste muss ebenso Ängste durchgestanden haben wie sie. Doch was sie in diesem Moment sieht, als sie zwei Armlängen vom Fenster entfernt ist, lässt ihr das Blut in Ihren Adern gefrieren.

Sie sieht:

SICH.

Sich selbst, an dem Abend an dem sie aus der Tür gerannt, und mit dem Auto davon gefahren war. Sie steht gerade am Fenster, wutentbrannt mit Tommy streitend.

Missy steht da am Fenster, in ihrer Wohnung, bei ihrem Freund.

Die andere Missy, nein sie selbst, oder wer verdammt ist das? Diese Missy in der Wohnung schaut heraus, erschreckt, als sich ihre Blicke treffen.

Doch diese Missy im Haus dreht sich wieder weg, in Richtung zu ihrem Freund.

Missy, die Missy die diese Höllenfahrt hinter sich hat, die draußen steht, möchte schreien. Nur laut schreien.

Doch es kommt kein Ton aus ihrem Mund.

Eventuell der Schock.

Sie kommt sich vor wie in Trance. Ihre Beine sind wie aus Gummi.

Das Mädchen versteht die Welt nicht mehr, kann sich nicht mehr bewegen, kann kaum atmen.

Und wieder einmal schwinden ihr die Sinne... als es laut knallt.

Ende

Liebe Leserin, lieber Leser,

vielen Dank das Sie mein Buch gelesen haben. Ich hoffe, Sie hatten etwas Freude daran.

Die Personen in dieser Geschichte sind genauso wie die erlebten Geschichten der Personen, frei erfunden.

Mir ist bewusst, dieses Buch ist nicht perfekt und auch weit davon entfernt. Es ist mein erster Roman, ich bin weder ein Profiautor und mir hat kein Lektor oder Verlag bei diesem Werk geholfen. Ich habe mir mit dieser Veröffentlichung einen großen Wunsch erfüllt. Von daher bitte ich Sie um Gnade bei Ihrer Kritik an diesem Buch.

Liebe Grüße
Ihre Danny Miller